AF255395

Philippe Poigeaud

5

Le Monde avait une Fin

(Roman)

www.diogenedarc.com

5

Le 5 mai 1945, l'unité du colonel M. tomba par hasard sur ce camp dont il ignorait l'existence. Ce qui le frappa immédiatement, c'est la puanteur entêtante et les conditions de vie horribles des prisonniers. Il voit la carrière dans laquelle les détenus sont obligés de porter de lourdes pierres en haut d'un escalier de cent quatre-vingt-six marches.

« Évidemment, ils [les plus proches habitants] ont toujours nié qu'ils savaient. Ils mentaient effrontément, car en épluchant les documents recueillis sur ce qui se passait là, on apprend [que les prisonniers] arrivaient en ville [à Mauthausen] par train ou par camion, puis qu'ils devaient gravir les trois derniers kilomètres à pied. Les gens ne pouvaient pas ignorer l'existence du camp ».

Témoignage du colonel Edmund M., lieutenant dans la 65e division d'infanterie américaine qui libéra le camp de concentration de Mauthausen. Witness, voices from the Holocaust, The Free Press, Joshua M. Greene Productions, Inc.

« Loin d'être une réalisation secrète, le camp fit l'objet de déclarations publiques dès 1938. Le 30 mars, le Times de Londres rapportait que, parlant hier à Gmunden, le Gauleiter de Haute-Autriche Eigruber a annoncé qu'en récompense des services qu'elle a rendus à la cause du nazisme, sa province

allait avoir l'honneur tout particulier d'accueillir un camp de concentration destiné aux traîtres de l'Autriche entière. Selon le Völkischer Beobachter cette déclaration a soulevé un tel enthousiasme dans l'auditoire que le Gauleiter a dû quelque temps interrompre son discours... »

Cité par Gordon J. Horwitz (Mauthausen, ville d'Autriche 1938-1945)

Témoignage du sergent Raymond Buch (Copyright © United States Holocaust Memorial Museum, Washington, DC - Raymond Buch, né en 1920 à New York, il avait donc 25 ans en 1945. Son témoignage a été recueilli en 1990) :

« Parmi les civils allemands qui se trouvaient là, nous avons commencé à demander à ces gens de monter dans les camions et nous leur avons demandé de porter leurs plus beaux vêtements, puis nous leur avons fait creuser des tombes, et nous voulions qu'ils voient ce qui se passait puis nous leur avons fait porter les cadavres, charger les cadavres dans les wagons. Nous avons déchargé des pleins wagons, les uns après les autres, sur le site funéraire, qui était en fait le terrain de football... »

2018…

L'écrivain et journaliste d'extrême droite, Paul-Henry Lizotte, plus connu sous le pseudonyme de Ferdinand (il signait ainsi dans l'hebdomadaire Minute dans les années 60 puis dans Valeurs Actuelles jusqu'à ces dernières semaines) vient de passer l'arme à gauche à l'âge de 79 ans dans son appartement de la rue Bernouilli à Paris. Sa fille, Chantal Lizotte-Daoust, s'est empressée de rendre public un document explosif qui prouve sans ambiguïté possible que Marcel Forast, ancien député et éphémère ministre de de Gaulle, a fait déporter des dizaines d'enfants juifs en 1943. Et ce, en dehors de la rafle des 23 et 24 janvier, à Marseille. Pire, la pièce est accompagnée d'une note manuscrite paraphée par Lizotte en personne.

Il affirme avoir informé maître Maurice Douvier de l'existence de ce document en 1998, au moment du procès Forast à Marseille. L'avocat Douvier, alors plus médiatisé sur la scène mondaine parisienne et tropézienne que dans les palais de justice, avait obtenu l'acquittement de l'ex-commissaire de police marseillais au bénéfice du doute. À l'époque Douvier n'en avait rien dit, et Lizotte non plus. On ne sait pas pourquoi le polémiste a préféré garder cette pièce par-devers lui. Peut-être pour éviter la prison à celui qu'il avait défendu à plusieurs reprises notamment à la télévision dans une émission de Michel Polac en 1985. Forast avait alors été brièvement mis en cause pour son rôle durant l'occupation. D'ailleurs à cette époque Jean-Denis Marcel, Résistant communiste, était également venu témoigner en faveur de celui qui reçut des mains du Général la Médaille de l'Ordre de la Libération en janvier 1946. Improbable sous-secrétaire d'État entre 1959 et 1960, Marcel Forast a totalement disparu de la circulation. Tout comme son avocat quarante ans plus tard. En effet, Maurice Douvier, 61 ans aux fraises, a cessé toute activité dès la fin du procès. Lui aussi s'est retiré non seulement de la scène médiatique qu'il appréciait tant et qui le lui rendait bien, mais aussi de la vie professionnelle. Il s'est replié en Bourgogne où il refuse de répondre aux journalistes. Répondra-t-il au juge Goudreau ? Devait-il porter ce document (que nous publions ci-dessous) à la connaissance de la Cour ?

C'est ce que pense en effet Me Isabelle Dutreux. Elle a été chargée par plusieurs associations de déposer plainte contre Douvier.

Toutefois, la procédure a très peu de chances de déboucher sur des poursuites. Nous ne sommes ni aux États-Unis ni en Grande-Bretagne. En France, les avocats peuvent mentir et dissimuler des preuves sans risquer de se retrouver au pilori, nonobstant ils ont la possibilité et sans doute le devoir de se retirer du dossier. Ce que n'a donc pas fait Me Douvier en 1998. À noter cependant que l'acquittement était passé inaperçu, la France vibrait alors au rythme de la Coupe du monde de football. Elle en pinçait beaucoup plus pour Zidane que pour Forast ou Douvier.

Maurice Douvier s'est muré dans le silence depuis plus de 20 ans. Il avait toutefois rompu celui-ci lors du décès, en novembre 2009, de Victor Greimas, ci-devant Marquis de Châteauneuf, dont il serait devenu le confident et qu'il côtoyait beaucoup durant le procès Forast. Personnage haut en couleur, Victor Greimas, Résistant de la première heure, trahi par son propre frère, a été déporté à Mauthausen où il participa à la seule évasion connue, en 1944. Il fut l'unique Français à s'être joint à cinq cents officiers soviétiques et l'un des rares survivants (moins d'une dizaine).

Douvier vient d'ailleurs de lui consacrer un petit livre sobrement intitulé : Victor (180 p, éditions Keeva Grant, 18 €).

Non seulement l'ex-avocat y raconte l'évasion meurtrière des Russes et de Victor Greimas du camp d'extermination (KII) de Mauthausen, mais aussi une drôle et invraisemblable histoire. En effet, Maurice Douvier dévoile un lien étrange entre son ex-collaboratrice et un notaire autrichien qui aurait sauvé Victor Greimas. Naturellement, désormais les faits sont invérifiables. Même si l'ancien avocat explique qu'au moment de la libération des camps de

Mauthausen et Gusen par la 11e Division blindée de l'armée américaine le 5 mai 1945, Greimas aurait participé indirectement à l'arrestation du commandant du camp, Franz Ziereis. Il n'existe aucune archive connue sur ces faits. Toutefois, on sait que...

1.

Dieu existe me disait-il. Et il ajoutait dans un murmure délicat, comme pour s'excuser de je ne sais quel péché irrémissible :

« La preuve, je ne l'ai jamais rencontré… mais la musique est là, celle vous laissant perdre un peu de votre arrogance. Pachelbel ou Grieg ».

Il s'appelait Victor Greimas. Il était grand. Ses cheveux avaient été noirs et ses yeux furent toujours sombres. Son allure générale pouvait faire penser à une sorte de banquier, de chef d'entreprise ou d'affairiste quelconque. Mais il ne fut jamais rien d'autre qu'un marquis français. Un marquis fauché. Mais là-bas, à Mauthausen, riche, pauvre, chômeur, paysan, ouvrier ou patron, ça ne signifiait pas grand-chose.

Victor le savait tout comme ceux partageant avec lui l'horreur quotidienne d'être nés ici plutôt qu'ailleurs, d'être juif, tzigane, communiste, sodomite ou bêtement français.

Il a été un peu tout cela à la fois.

Des Juifs, il avait l'amour irraisonné de la fatalité et des Tziganes l'insouciance poétique ; des communistes, l'esprit de révolte et des sodomites, peut-être la folle conscience de la transgression habituelle à peine voilée.

Il était Français jusqu'au bout des ongles (ils lui furent méthodiquement arrachés) et des papilles se passionnant pour un cru recherché ou un chapon de Bresse rôtissant paresseusement au commencement d'une matinée automnale.

J'ai rencontré Victor au début des années 1990, dans un bar de Chalon-sur-Saône. Il est mort il y a maintenant dix ans. Je me suis longtemps demandé si Greimas était son vrai nom tant le personnage était mystérieux. Mais il s'agissait bien d'un marquis. Son marquisat, enfin ce qu'il en restait (une grosse demeure bourgeoise passablement délabrée au centre d'un domaine viticole inexploité depuis des lustres) était situé en Bourgogne.

Mais je ne souhaite pas en dire plus.

Je vais seulement raconter son histoire.

Une histoire croisant l'Histoire à l'instant précis où le marquis fut arrêté à l'aube du 25 décembre 1943 à Paris. XVIe arrondissement. Chez son frère Antoine.

Il l'avait dénoncé à la Gestapo, son frère...

Ce frère, Antoine, était un proche de Marcel Déat. Et un intime d'Otto Abetz, l'ambassadeur francophile d'Hitler à Paris, installé rue de Lille. Charmeur antisémite qui pilla les appartements parisiens des Rothschild dont certains bibelots se sont retrouvés dans le propre duplex d'Antoine, rue de Rivoli. Victor m'a également raconté l'histoire d'une trahison. Enfin, lui ne voyait pas les choses exactement de cette manière. Il s'accusait d'avoir été d'une lâcheté sans scrupule. D'une vilenie de pacant.

J'ai entretenu avec le marquis une longue relation d'amitié. D'ailleurs, la presse vient d'y faire allusion. Le mot n'est pas trop fort. L'aventure narrée ici est exceptionnelle et je le sais : beaucoup de sceptiques vont m'abreuver de courriers. Les journalistes, les chroniqueurs sans compter les philosophes et les politiciens à la petite semaine vont aboyer à l'imposture, en se répandant dans les dîners parisiens et autres salons, les plateaux de télévision ; ayant toujours à la gueule et non à l'esprit, en étant dépourvus, la parole définitive, l'insulte facile, la formule d'autorité, la sentence irrévocable ; hurlant à la manipulation, au maléfice tout en restant soigneusement en deçà des limites convenues du politiquement correct. Honneurs, déroulement de carrière, errances dans les allées du pouvoir étant à ce prix !

Nous sommes en 2018 et je reviens donc sous les projecteurs… vingt ans après !

Je les entends d'ici mes détracteurs : « Non content d'avoir fait acquitter un collabo notoire, l'avocat de Forast s'en tire avec une pirouette pitoyable ». Ou encore : « Douvier a menti, Douvier a dissimulé une preuve accablante et aujourd'hui il nous raconte une histoire abracadabrantesque pour se justifier ». Et même : « Douvier a profité de l'argent des néonazis en défendant une ordure, il s'est au mieux opposé à la bonne marche de la justice française, au pire il a permis à un assassin d'enfants de disparaître dans la nature... »

Ils ont raison !

2.

Voyez-vous, naguère nous changions de millénaire. L'histoire du marquis remonte à des décades…

Je m'appelle Maurice Douvier.

Sans doute mon nom vous dit-il quelque chose. Je fus le conseil de Marcel Forast, l'ancien ministre accusé de collaboration active avec les Allemands pendant l'Occupation. Il a été commissaire de police à Marseille en 1942 et 1943. Nous avons gagné le procès. C'était en 1998.

Je n'ai jamais remporté une affaire avec un tel dégoût de moi-même. Juste avant le réquisitoire de l'avocat général j'avais pris connaissance d'une preuve irréfutable de la culpabilité de Forast dans la déportation de plusieurs enfants de cinq à quatorze ans. Au moins une trentaine…

J'ai manqué de courage.

Vous lisez ce livre et je ne suis plus avocat.

Je ne vois plus Julia Lynch depuis des lustres, dont Victor rencontra la mère, là-bas, du côté de la petite ville de Mauthausen.

J'ai quitté ma femme. Ou elle m'a laissé tomber. Peu importe. C'était juste à la fin du procès Forast. Depuis une vingtaine d'années, j'évite mes anciens amis. J'ai vendu mes deux Mercedes et mon appartement avec mes bureaux parisiens. J'ai acheté cette masure dans un joli village situé à cinq ou six kilomètres du domaine du marquis Greimas de Châteauneuf. Et j'ai attendu. Jusqu'à cet article du Canard Enchaîné…

Je me suis inlassablement éternisé.

Encore aujourd'hui, je patiente sans espérance aucune et je regarde passer le temps sur la Bourgogne entre Dijon et Chalon. Depuis ma maison, j'ai une vue superbe sur la Côte de Beaune. Le soir, je débouche une bouteille de Givry et je la sirote doucement assis sur un banc en écoutant tomber la nuit. Car la nuit fait du bruit, surtout quand le jour ne réapparaîtra plus jamais.

Victor avait l'habitude de dire : « Nous étions plongés dans une nuit sans fin. Moi je voulais savoir la fin, mais a-t-elle justifié les moyens ? »

Ce soir, la fragrance de l'herbe mouillée me rend serein comme je ne l'avais plus été depuis des milliers d'années. Nous sommes en 2018. Il y a vingt ans… Le procès, il y a vingt ans…

Ce soir, je regarde mon livre posé sur le banc à côté de moi. Avec la convocation du tribunal. Je viens de la recevoir. Mon chien a reniflé ces papiers et s'en est allé. Ce vent léger s'emparera à tout jamais de mes pauvres pensées. Demain, mon vieux voisin me rendra visite, ce bon Louis, et nous discuterons encore une fois de la pluie et du beau temps et la vie coulera nivelant tous les souvenirs, les rancœurs, les hontes bues et les prières inachevées.

Demain, j'irai sur la tombe de Victor. Comme tous les vendredis. Mais ce sera un vendredi spécial. J'ai renoncé à percer le mystère du marquis. Presque dix ans après sa disparition ! Maintenant, je vais enfin me laisser porter par cette fin d'été au cœur de ce vignoble que même les nazis appréciaient. Les barbares de toute race aiment les bonnes et belles choses fussent-ils nazis, simples collaborateurs d'hier, délateurs bien-pensants d'aujourd'hui, assassins ou inquisiteurs de demain.

Les salauds ne vont jamais en enfer contrairement à la légende.

Il n'y a de justice que celle des hommes, la justice est sans fondement et Dieu jamais n'y pourra rien ni le diable. Ni vous ni moi !

<h1 style="text-align:center">3.</h1>

Victor tu avançais titubant et grelottant vers le kapo. Là-bas dans ce monde glacé et barbelisé. Horrifique. 1943. Mauthausen...

Et tu me dis un jour qu'à ce moment-là tu pensais à ton frère Antoine lorsqu'à seize ans il jouait admirablement du Pachelbel au violon devant ton père et quelques femmes inconnues et toujours différentes. Et tu me confias que dans ce wagon à bestiaux où à deux cents entassés nus et les pieds souillés par vos excréments tu songeais à cette frêle jeune fille ; elle fut ta mère, cette personne fragile, gracile, désespérée sur une photo jaunie ayant pris la pause deux ou trois semaines avant de fuir ton marquis de père, homme autoritaire, sanguin, ignoble. Et tu ne la revis jamais. D'ailleurs, tu n'eus aucun autre souvenir d'elle sauf ce visage d'ange sur cet immémorial cliché lui-même disparu dans la tourmente.

Cette tempête fut un massacre.

Tu étais Diogène jeté chez les barbares. Non pas cherchant un homme, mais simplement une lueur d'espoir. De cet espoir aurait pu un jour émerger un pardon soutenable à tes propres yeux. Cela commença dans le wagon.

Dans ce train traversant l'Allemagne en si peu de jours, dont deux immobilisé on ne sait où, dans ce wagon à bestiaux, des hommes s'entraidaient pour uriner dans une vieille boîte de conserve. L'humiliation de déféquer, debout, aux yeux de tous, ajoutée à la faim, la soif, le froid et les douleurs rendirent certains d'entre eux, abêtis, agressifs, violents et injustes. Bourreaux à leur tour.

Finalement, ces gens si simples, la veille encore tamponnant dans un bureau, enseignant dans une école, cuisinant dans un restaurant, réparant dans un garage ou ajustant dans une usine, ce petit peuple ordinaire s'habituait. Jusque-là, il avait été confronté à des fins de mois passionnantes d'irrationalité avec périodes œufs à tous les repas, beurre du matin au soir puis plus rien pendant une semaine, aléas du marché noir, du bon vouloir des magouilleurs, mais enfin : on vivait dans le souvenir de ces jours si bien réglés, entre le labeur, les dimanches au bord de l'eau, les congés payés (ah les congés payés !)

Petit peuple français barbarisé par les barbares au point trop souvent de s'entre dénoncer…

Le marquis observa longuement ses congénères d'infortune et, me confia-t-il bien plus tard, sa première humiliation fut de prendre soudain conscience de son assimilation à cette populace. Comme les autres, Victor pissait et chiait debout, comme les autres il se surprenait à donner des coups de coude cruels pour se hisser vers un interstice afin de respirer un peu d'air frais, comme les autres il ressentait un certain soulagement et même une sorte de joie quand un corps inanimé glissait vers le bas, offrant ainsi un peu plus d'espace vital si cher à Adolf et un marchepied pour essayer de sortir la tête hors de ce cloaque.

Victor était âgé d'à peine trente ans. Un homme en début de course. Rien de plus.

4.

À Chalon-sur-Saône, le 18 décembre 1943, vers 17 h 30, le marquis Victor Greimas de Châteauneuf sortit du bar de l'Hôtel-de-Ville au bras d'Arlette Larousse. Malgré son nom prestigieux, la belle catin n'avait jamais tenu en guise de crayons que des vits, en guise de dictionnaires que des billets de banque. Et elle n'était pas rousse.

Le couple jeta un coup d'œil navré sur l'immense drapeau nazi flottant au balcon de la mairie devenue le siège de l'Ortskommandantur puis il marcha doucement vers un magnifique cabriolet Delage 1934 rouge et crème rangé à côté d'une automobile découverte de l'armée allemande dans laquelle étaient vautrés deux officiers de la Wehrmacht. Ils riaient grassement.

Le marquis ouvrit une portière de la puissante Delage D8SS, la sienne, et fit monter galamment Arlette. Ne pouvant se retenir, elle lança une œillade appuyée à l'un des officiers allemands, un grand blond au regard brillant de concupiscence maladroite. Arlette avait le sens des réalités. Elle montra par la suite une certaine abnégation. À la Libération, elle se tondit elle-même. Elle ne fut pas la seule d'ailleurs...

Victor avait un souvenir précis de cette journée de la fin de l'année 1943.

Il me l'a racontée deux ou trois fois toujours avec le même luxe de détails comme la couleur de la jupe d'Arlette ou la douceur de sa main. Il me parla aussi étrangement de la densité de l'air à ce moment-là. Il faisait beau me dit-il. « La journée s'achevait dans une jolie envie de vivre ». Visiblement, il aimait cette curieuse expression. Il l'utilisa dans d'autres circonstances.

Pourquoi ce souvenir ?

Une journée paisible. Rien à signaler. Mais cette journée fut la dernière image de normalité gardée à l'esprit par Victor. Ensuite, de son enfance, de sa jeunesse bouleversée, de ses premiers pas d'adulte excentrique, ses rêves emprisonnèrent pour longtemps des troncs, des corps, des silhouettes auréolées d'étranges nimbes crucifères. Là-bas, en enfer, les visages s'émoussèrent dans des souvenirs flous avant de complètement disparaître. Ils partaient en fumée. C'est le cas de le dire !

De l'autre côté du miroir, la tristesse, la détresse, le désarroi et même les instants éphémères de soulagement se perdaient dans un espace incertain sans laisser aucune trace, pas une larme, plus une anamnèse. Seulement ces images fugaces de bustes décapités, déshumanisés, irréels. Et pourtant si concrets ! Longtemps après ils hantèrent les nuits douloureuses de mon ami.

Parfois, je l'observais à la dérobée afin de surprendre dans son regard une lueur d'effroi à l'évocation de ses souvenirs si pénibles. Jamais je n'y vis autre chose que des regrets et une profonde lassitude. Cet homme revenu de l'enfer me fascinait.

Il m'arrivait de ressentir en face de lui un vague sentiment de honte. Ce besoin de vouloir à tout prix gagner son amitié n'avait-il pas été uniquement motivé par cette subjugation ?

Souvent des questions me brûlaient les lèvres. J'aurais aimé tout connaître dans les moindres détails : comment avait-il supporté la douleur, la faim, la saleté, les humiliations ? Avait-il eu envie de mourir ou de tuer ? Certes, je sus rapidement qu'il avait tué. Je sus tant de choses... Mais je n'arrivais pas à me rassasier de ses réponses, de ses récits, de ses rares confidences. J'étais affamé de tout embrasser, de tout transcender. Il me fascinait autant que Forast me dégoûtait. Et pourtant, je naviguais entre les deux ou plutôt de l'un à l'autre, non pas de Charybde en Scylla, mais j'en avais une conscience aiguë entre le Bien et le Mal !

Mon monde tutoyait alors le manichéisme.

Il me manque terriblement le marquis !

Je n'ai pas seulement perdu un ami. J'ai été dépouillé d'une de mes raisons de vivre. J'exagère à peine.

Je veux dire ceci : Victor touchant l'effroyable condition humaine dans ce qu'elle a de plus fondamentalement imbécile et lâche, aura été pour moi l'accomplissement d'une vie jusque là sans autres reliefs que les petites réussites d'un étudiant brillant puis d'un avocat ébloui par les projecteurs.

Victor fut un révélateur. Il provoqua en moi, par la seule force de ses silences, cette brisure infime et pourtant définitivement tragique me poussant enfin à me retirer du monde, j'avais cru esbroufer ce monde comme on possède une femme sans amour. Victor, lui, par son détachement, par sa lucidité aux portes de la mort, avait su dominer le monde. Pour de vrai…

5.

Là-bas…

À l'instant où le convoi s'arrêta enfin, Victor oublia donc le visage de son père. Et pourtant, comment désapprendre cette énorme tronche rougeaude, congestionnée. Rubescente ?

Hector, le géniteur de Victor était un noceur de première catégorie. Il passait son temps à boire, à manger, à danser quand il n'était pas dans les bras d'une de ces créatures venues à ses frais par le train de Lyon ou celui de Paris. Il allait lui-même les chercher à la gare de Chalon. Elles arrivaient parfois à deux ou trois. « Tiens voilà les poules du vieux ! » disaient alors les deux frères. Des volailles, oui elles gloussaient. Elles caquetaient. Surtout quand Antoine et le vieux jouaient du piano.

Hector s'y entendait également pour se procurer toutes sortes de drogues. De l'opium, de la cocaïne. « Je suis le fiston d'un fameux dépravé connu comme le loup blanc. Il a fait crever sa femme de chagrin. Une ordure. Car il était méchant ».

Quand il disait ça, Victor redevenait enfant et, certaines fois, il était au bord des larmes. Après tant d'horreurs éhontées, le souvenir de ses parents le taraudait encore.

Victor avait cependant hérité de son père un penchant certain pour la bonne chère et les filles légères. Mais lui ne s'éloignait presque jamais de

Chalon et il consommait sur place. Il était même fidèle dans son genre puisqu'il me dit n'avoir jamais trompé Arlette, une question de principe sans doute...

Quand on a été élevé sans principes, il faut bien s'en inventer !

Le visage d'Arlette, de cette prostituée qui dans les années trente avait adossé sa petite affaire en bas de la cathédrale Saint-Vincent, ce minois rose pâle, aux yeux rieurs, aux lèvres plus rouges que des cerises gorgées de soleil… cette frimousse fut la seule image rassurante que pouvait évoquer Victor durant sa déportation parmi une masse de fantômes étêtés.

Il se rappelait également avec précision l'agilité des doigts de son frère Antoine courant sur les cordes du violon quand il jouait Pachelbel ou sur les touches du piano quand il interprétait la Chanson de Solveig. Une bobinette de pute, de longs doigts effilés, une musique un peu lancinante furent durant le calvaire de Victor ses seuls souvenirs viables, ses uniques liens avec la vie d'avant. Ses uniques réminiscences d'un passé étonnamment flou, à jamais incertain.

Un visage ayant peut-être la sensualité brutale de celui de Renata violentée là-bas par un officier soviétique au crépuscule d'un monde dont la fin annoncée avait été mise en musique par un peintre raté et deux ou trois capitalistes débonnaires et cacochymes pleins de bière chaude et de saucisses grasses, de certitudes catholiques et de mépris protestants.

Cette salacité rudement révélée provoqua-t-elle chez le marquis, comme lui-même l'a prétendu, ce soi-disant irrésistible besoin de tuer le grand-père de mon assistante ?

Car là est l'arbitraire télescopage des époques, l'irrationnel déroulement du temps : Renata, la fille du protecteur du marquis (assassiné par lui), était la mère de ma jeune collaboratrice Julia Lynch… Coïncidence ? Le hasard aurait-il mis sur ma route le marquis Greimas de Châteauneuf et une secrétaire bisexuelle pour m'éprouver au regard de mes contemporains au soir d'une carrière, à bien des égards, superfétatoire, orgueilleusement menée sur les chemins d'une gloire médiatique trop souvent usurpée ?

Là-bas… Les prisonniers descendirent du train dans la nuit glacée et leurs pieds nus se crispèrent au contact de la boue et de la neige.

6.

Si Victor Greimas escamota les visages de ses proches, jamais je n'oublierais celui de Forast quand tombèrent dans le lourd silence de la salle d'audience les paroles définitives le tirant d'affaire.

Certes, il ne fut pas totalement blanchi. Je savais bien, dans l'esprit du public des doutes subsistaient. Certains journalistes ont à l'époque (1998) voulu relancer l'enquête. Une association d'historiens était, paraît-il, parvenue à réactualiser de façon très substantielle la péripétie Forast à la lumière de faits nouveaux découverts dans des archives en Allemagne et même en Russie. Et je viens de recevoir, vingt ans après, cette convocation péremptoire envoyée par un juge avide sans doute de se faire mousser. Je ne peux pas lui jeter la pierre !

Oui, Forast était un salaud, un vrai !

De ceux qui, en toute conscience, sont allés au-delà des désirs de l'envahisseur, ils avaient réalisé les souhaits encore rêvés des nazis en France.

Ils n'avaient pas seulement outrepassé des droits et des devoirs octroyés par l'ennemi ; non, ils avaient tout simplement assouvi leurs perpétuelles haines, leurs infinies convoitises par la destruction et la mort, se sachant incessamment promis à la défaite de leurs idées surannées, mais ô combien tellement modernes. On allait mettre fin à leurs privilèges, à leurs majorats féodaux ramassés au fond des tranchées dans la fiente, dans la boue, dans le sang, dans les miasmes de la décomposition d'une Europe déjà pulvérisée par une mondialisation macabre... ils ne pouvaient pas le supporter. L'arme cruelle de la dénonciation du Juif, du communiste, de l'homosexuel leur redonnait l'illusion d'un pouvoir leur échappant, s'écoulant de leurs mains avides de reconnaissances.

Chefaillons de bureau, piliers de bar, flics frustrés, politiciens méprisés, artistes obscurs prodiguèrent à Pétain un soutien indéfectible. Quelle aubaine : la guerre leur offrait des opportunités !

Ai-je vraiment cru en l'innocence de Marcel Forast ?

En tout cas, pas un seul instant mon épouse n'y ajouta foi. Elle ne fut pas tellement plus lucide, mais elle avait tout bonnement « senti les choses », deviné la vérité, en étudiant attentivement le visage du vieux collabo arrogant. Elle me reprocha donc d'avoir accepté de défendre l'ancien ministre. Toutefois, elle l'admettait : la médiatisation du procès ne faisait pas de mal au cabinet, car il venait de connaître une mauvaise passe. En fait, Sonia est une femme vénale. Les amis de Forast payaient rubis sur l'ongle sans jamais contester la moindre facture. D'ailleurs, ces notes ne correspondaient à rien ou presque et l'argent m'était souvent versé en liquide et en dollars. On me proposa même d'ouvrir un compte en Suisse. J'ai hésité. Mais je n'ai pas une seule fois dédaigné les petits cadeaux. Une montre en or, un billet d'avion pour mon épouse, notre fille et moi, une table dans deux ou trois grands restaurants parisiens...

Le dossier était compliqué.

Il y avait beaucoup de zones d'ombre. Simple gardien de la paix vers 1936, puis enquêteur à Dijon, n'ayant, pour ces modestes postes reçu aucune formation professionnelle, Forast se retrouva fonctionnaire au cœur de la bureaucratie pétainiste. Dès les premiers mois de l'Occupation, et sous le règne du tout puissant ministre de l'Intérieur de Vichy, Pierre Pucheu, pour asseoir la répression contre les Juifs étrangers et les communistes, on eut rapidement besoin d'effectifs. On commença par « nationaliser » les polices municipales, et par embaucher à tour de bras, sans être regardant sur les curriculums. Ainsi, plusieurs petits caïds se retrouvèrent du jour au lendemain avec une carte de flic dans la poche. Les promotions étaient fulgurantes. Forast n'a jamais manqué d'air ni de flair. Il sut tout de suite intégrer le bon service : les Renseignements généraux au sein desquels Pucheu créa, dès 1941, les Brigades spéciales puis les Groupes mobiles de réserve (GMR). Forast réussit à entrer dans une de ces nouvelles unités à Marseille. René Bousquet comptait beaucoup sur ces groupes brutaux et totalement sans scrupules, composés de flics ratés, de démobilisés ahuris par la défaite, pour chasser du youpin et du bolchevique. Pucheu et Bousquet voulaient faire du chiffre au bénéfice des Allemands, eux-mêmes ne s'attendaient pas à tant de zèle. Là encore, Marcel Forast sut sortir du lot, non pas dégoûté par les basses besognes à lui confiées quotidiennement, mais il avait de l'ambition. On ne sait pas comment il devint commissaire et l'un des coordinateurs de la rafle de janvier 1943 sur le Vieux-Port, décrétée par Heinrich Himmler en personne et supervisée par René Bousquet.

Entre-temps, Pierre Pucheux avait eu lui aussi du flair et se préparait à changer de camp en tentant sans succès. La Résistance lui refusa de recouvrer sa dignité. Cette période marqua le retour de Pierre Laval. À partir de ce moment-là, Marcel Forast fut plus particulièrement chargé des relations avec le général SS Carl Oberg, responsable de la police allemande en France, venu spécialement à Marseille pour s'assurer de l'exécution des ordres d'Himmler, après une série d'attentats contre des officiers nazis.

J'avais basé toute ma plaidoirie sur plusieurs témoignages : Forast ou ses services avaient fait prévenir des familles inscrites sur les listes noires de la Gestapo avant qu'elle ne vienne les arrêter.

Je n'aimais pas Forast. Sa suffisance et son insolence me dégoûtaient. Il était issu d'une lignée de notables dont certains fréquentèrent les allées du pouvoir politique et financier durant toute la Troisième République (il y eut un Charles-Henri Forast chez Rothschild et un Edmond Forast, préfet avant la Grande Guerre). Mais il ne possédait pas l'intelligence brillante de ses ancêtres ni même les diplômes. En temps normal, il n'aurait pas dû marcher sur les traces de son père, ancien élève de la rue d'Ulm, un moment sous-préfet de la Mayenne avant de diriger une compagnie internationale de réassurance.

Mon Forast à moi n'aurait jamais dû dépasser le grade d'inspecteur et encore, pas dans une ville un tant soit peu importante. Mais il a toujours su d'où venait le vent. Collaborateur entre 1941 et 1943. Attentiste durant trois ou quatre mois, puis résistant dès février 1944. Gaulliste ensuite. Député, enfin… et obscur sous-secrétaire d'État pendant une poignée de semaines. Je découvris par hasard les conditions de son limogeage au milieu des années 60. Elles furent douloureuses. Le Général, du jour au lendemain, refusa de le voir. Le grand homme avait-il été informé de quelque chose ? Impossible à dire. D'autres, comme Maurice Papon, réussirent à se maintenir au pouvoir.

Au procès (dont plusieurs associations de chasseurs d'anciens nazis et de déportés juifs furent parties civiles), Forast était surtout accusé d'avoir envoyé à la mort des dizaines d'enfants entre décembre 1942 et mai 1943. En dehors donc de la rafle exigée par Himmler. Mais personne ne put apporter une seule preuve tangible. Juste des papiers paraphés de la main du commissaire au contenu trop vague pour étayer un réquisitoire devant un tribunal. Il aurait bien rédigé, sur ordre de Bousquet, un communiqué placardé sur les façades de la ville à propos de l'évacuation du quartier nord du Vieux-Port jusqu'au quartier de l'Opéra autour de la grande synagogue de la rue Breteuil. Mais encore une fois, rien de probant. Lors de la rafle des 22 et 23 janvier 1943, des témoins rapportèrent qu'il avait fait prévenir une demi-douzaine de familles. Surtout, fidèle à sa discrétion d'homme invisible, de passe-muraille, de fonctionnaire dont le talent en ces temps chaotiques était de savoir ne jamais attirer l'attention, son nom n'est cité dans aucun document allemand. Officiellement, il n'avait participé à rien !

Je n'eus aucun mal à le démontrer.

Il me fut facile de le présenter comme un agent double. Un Forast fréquentant assidûment les milieux nazis et de la collaboration pour mieux informer la Résistance. D'ailleurs, de grands combattants, d'anciens responsables de réseaux ayant fait par la suite de flamboyantes carrières en politique ou dans l'industrie vinrent déposer à décharge. Il y eut même deux vieux communistes et un ex-officier de la Wehrmacht. J'avais utilisé toutes les ficelles du métier et mes assistants, dont la jeune Julia Lynch, ne cessèrent jamais d'occuper le terrain. Mais très vite, comme je l'avouai à Victor, le doute s'installa en moi.

7.

Forast n'avait rien d'un héros. Il n'avait jamais eu la carrure d'un agent double. Sa carrière politique fut terne. Si son nom est connu aujourd'hui, c'est uniquement à cause du procès et d'une poignée de journalistes. Sans cela personne ne se serait souvenu de lui. Personne n'aurait été capable de le citer dans un quelconque gouvernement de ces soixante-dix dernières années. Il ne figure même pas dans les listes des membres des cabinets publiés dans les manuels de sciences politiques. Il n'y a aucune notice le concernant dans le Grand Mourre… Quant au Journal Officiel, ses rédacteurs avaient pris mon client pour l'homme invisible.

Je défendais une ombre, un fantôme. Un type sorti de nulle part. Un vieux bonhomme un peu sénile aux mains blanches tremblantes, aux joues flasques et au regard fuyant, mais tellement empreint d'une arrogance suffocante...

Et son nom se noya longtemps dans une liste de patronymes oubliés portés par d'illustres inconnus dont les errements respectifs firent se percuter leurs petites histoires avec l'Histoire.

D'aucuns, sur le tard, publièrent à compte d'auteur moult souvenirs embellis, pompeusement préfacés par de souffreteux notables de province. Mais Forast n'avait laissé d'autres écrits que des paraphes aux bas de papiers administratifs. Après son limogeage brutal, il avait quasiment disparu. Pas pour échapper à la justice. Une justice souvent amnésique. Elle le rattrapa d'ailleurs par hasard. Non, il avait fini par se fondre dans le décor, par inadvertance…

Je n'aimais pas mon client. Je répugnais à le défendre devant le tribunal et encore plus dans les médias. Pourtant je le fis. Jusqu'au bout… Avec l'élégance du perfectionniste affectant le détachement montrant ainsi une gamme de prédispositions enviables, dont celle du ténor blasé, mais toujours consciencieux.

Jamais je ne surpris dans son regard le moindre accent de sincérité ni même la plus petite once de peur. Cet homme était tout simplement un salaud suffisamment intelligent pour mener sa barque et faire carrière. En fouillant la période 1941-1943, je m'aperçus qu'il avait effectué de nombreux séjours à Paris. Il fut reçu plusieurs fois rue de Lille par Achenbach (le conseiller d'Otto Abetz). Il lui arrivait de dîner avec Déat et sa bande. Il rencontra Antoine, et sans doute Victor lui-même.

Antoine, le doux musicien amateur de Pachelbel et dénonciateur de son frère.

8.

En 1943, Arlette accompagna donc Victor à Paris. Ils sortirent du café de la place de la mairie à Chalon pour rejoindre la capitale par la route. Leurs bagages étaient prêts et avaient déjà été chargés dans la malle de la Delage. Ils quittèrent Chalon-sur-Saône à 15 h 30 et roulèrent sur la Nationale 6 jusqu'à Paris. Le 8 cylindres du cabriolet ronronnait discrètement. Ils s'arrêtèrent une seule fois pour dîner à Sens. Des dizaines d'années plus tard, Victor me décrit par le détail ce qu'ils avaient mangé.

« Quand je repensais à cette journée, au camp, je me souvenais de tout. De la poularde à la chair si fondante et parfumée, des petits légumes, notamment des pommes de terre frites, du vin couleur rubis, un Rully… mais je ne pouvais évoquer les têtes. C'était pittoresque : dans ma réminiscence nous n'avions croisé que des troncs, que des corps décapités ».

Ils arrivèrent entre 22 h et 22 h 30 pour s'installer dans un hôtel de Pigalle. « J'avais pensé qu'Arlette serait moins dépaysée ! »

Victor apportait du vin de Bourgogne à son frère et aussi de l'argent liquide.

À Lyon où il avait dû se rendre discrètement, il avait vendu deux lingots d'or sur le marché clandestin pour répondre aux demandes pressantes de son frère cadet. À cette époque, il était difficilement envisageable de virer une telle somme et naturellement impossible de l'envoyer par mandat. Victor avait mis les billets dans une valise, entre des chemises et des caleçons. Il n'avait rien dit à Arlette. « Ce n'est pas que je n'avais pas confiance en elle, mais je ne voulais pas l'affoler... Nous courrions un risque certain avec tant d'argent ».

Victor n'avait pas fait ce voyage uniquement pour apporter du numéraire à son frère, car après tout, Antoine aurait facilement pu venir chercher l'or et l'écouler à Paris. Un collabo côtoyant les huiles du nouveau régime n'aurait sans doute pas eu de difficultés à réaliser l'opération. Je fis cette remarque.

« J'étais porteur d'un message... pour un certain Morange, je devais le rencontrer rue Monsieur-Leprince.

— Donc vous faisiez de la Résistance ! Morange, ce n'était pas n'importe qui !

— Oh, comme vous y allez !

— Victor, voyons... Vous étiez dans la Résistance dès avant 1942. Réalisez-vous que plusieurs de nos grandes figures de la guerre des ombres ne sont entrées dans le combat clandestin que fin 43 et bon nombre d'entre eux en 1944, souvent pour échapper au STO, quand ce n'était pas à quelques heures de la Libération...

— Peut-être...

— Mais enfin, Victor, vous saviez bien ce que vous faisiez et vous n'en avez jamais parlé ! »

D'autres que lui ayant moins fait et de beaucoup, n'ayant jamais été arrêtés n'omirent point, au lendemain de la Libération, de faire valoir leurs droits et surtout de se placer. Lui, ruiné, ne rentra en Bourgogne qu'en juin 1945. Non seulement il ne demanda rien, mais jamais son nom ne fut cité dans le plus obscur opuscule et encore moins dans les listes de résistants auxquels ont rendait hommage dès l'automne 44, à longueur de colonnes, dans les quotidiens renaissants !

Nous eûmes cette conversation il y a quelques années déjà. C'était au milieu du procès Forast. J'avais pris le large une semaine, le temps d'étudier au calme certaines pièces du dossier. Pour l'occasion, je m'étais enfermé dans un bel hôtel chalonnais. La fenêtre de ma chambre donnait sur la Saône aux hanches généreuses et aux courbes languissantes. Jules César avait écrit « son cours est d'une incroyable lenteur, au point que l'œil ne peut juger du sens du courant ».

J'avais appelé Victor et nous avions dîné ensemble Chez Paul, au cœur de l'île Saint-Laurent.

9.

À peine furent-ils arrivés à Paris que Victor se rendit chez son frère, place des Vosges. Il occupait un magnifique appartement réquisitionné par les Allemands à un industriel juif dont toute la famille avait été expédiée en Silésie.

Antoine n'eut pas un sourire pour Arlette qui, bouche bée, promena son regard admiratif sur les murs couverts de tableaux et d'épaisses tentures, sur les meubles envahis de bibelots, dont une horloge monumentale et un superbe piano à queue blanc. Un Pleyel de 1929. Les deux hommes allèrent dans un bureau et Victor remit l'argent. L'autre lui reprocha nerveusement de ne pas avoir prévu assez.

— J'ai un rang à tenir ! Nous sommes à Paris !

Pauvre Antoine… dit Victor.

« Mon frère croyait réellement qu'il comptait aux yeux des caciques allemands. Il n'en pouvait plus d'orgueil. Il fréquentait les chefs. Les ténors. Il s'imaginait avoir dépassé le stade légèrement humiliant de collabo pour celui plus gratifiant de sectateur et même d'associé avant de jouir du statut d'alter ego, rêvant d'être un jour, pourquoi pas, reçu au Berghof…

« Le con, l'incommensurable idiot. Il ne fut même pas capable de trouver le moyen de fuir l'Allemagne, de s'effacer après la déliquescence de Sigmaringen ! »

Puis Antoine disparu,t sans doute abattu quelque part et jeté dans une fosse commune…

Victor avait affirmé à son frère qu'il reviendrait, sans doute dans moins de deux semaines, avec encore plus d'argent si nécessaire.

Il savait ce qu'il disait le marquis, car Morange l'avait à nouveau sollicité.

Il s'agissait d'importants renseignements que « nos amis doivent obtenir et transmettre rapidement… Par les deux voies mises en place par Londres », m'expliqua-t-il.

L'une des missions les plus cruciales de Victor pouvait paraître secondaire, voire anodine ou ridicule pour certains : il réussit à faire parvenir à Londres le Bottin de Lyon et celui du département de la Saône-et-Loire. Ces deux documents si banals avant la guerre étaient pour le BCRA d'une dimension capitale. Il permit à des agents de reconstituer le plan de Chalon, à d'autres de savoir exactement où contacter un correspondant ou un simple parent susceptible de garder un secret. Son troisième envoi fut un indicateur des chemins de fer. Il sauva la mise à plus d'un membre parachuté du Département évasions de l'organisation pour aller et venir d'un bout à l'autre de la France en se fondant dans l'anonymat des grandes villes. Ce document anodin donna également la possibilité de choisir et localiser les drooping zones en fonction des gares et de l'horaire des trains.

Je me demande ce que Morange pouvait penser de Victor… En tout cas, il avait en lui une confiance aveugle. Il l'informait du contenu de la correspondance clandestine destinée à renseigner les Forces Françaises Libres.

Victor était un vrai héros. Et quand on sait le calvaire du marquis, on ne peut que révérer cet homme qui ne s'admirait pas.

Mais jamais personne ne le lui dit hormis moi. Et lui jamais n'eut le sentiment d'avoir été un de ces types exceptionnels ayant contribué à la libération de la France. Je sais bien qu'aujourd'hui ces mots (libération, abnégation, courage, patriotisme, etc.) n'ont plus beaucoup de sens… avec le recul je m'interroge : avaient-ils du sens pour le marquis Greimas de Châteauneuf ?

Car enfin, ce dandy superficiel dont l'unique but dans la vie semblait être la dilapidation des lambeaux de la fortune familiale déjà bien entamée par un père alcoolique et obsédé sexuel, ce snob qui roulait dans une limousine de luxe et qui ne sortait qu'avec des prostituées (tout comme son géniteur), ce quart de noble délétère… oui ! fut une des chevilles ouvrières d'un mouvement affilié au réseau Buckmaster ! Ses informations contribuèrent à réaliser de fructueuses et audacieuses actions, dont le bombardement du barrage de Gurgy (suggéré aux Anglais par un agent secret nommé Deliry) pour détruire la base navale de Chalon-sur-Saône où les Allemands fabriquaient des vedettes rapides pour la Méditerranée ! Et, en cette fin d'année 1943, il allait à Paris en prenant d'énormes risques pour contacter un des chefs historiques de la Résistance tout en apportant de l'argent à son frère, collaborateur notoire, vulgaire petite frappe. Un opportuniste doté d'une cervelle d'huître.

10.

Lorsqu'à Mauthausen les prisonniers descendirent du train, ils virent devant eux une montagne composée par leurs propres vêtements. On les leur avait confisqués entre temps.

Il gelait.

Les canons des fusils mitrailleurs leur meurtrissaient les reins.

Les doigts encore bandés de Victor ne le faisaient plus vraiment souffrir. Sans doute étaient-ils devenus insensibles… Ses ongles, d'habitude si soignés, étaient tombés un à un, sanguinolents, sur le plancher crasseux de la villa Chevrier à Chalon.

On leur cria qu'ils pouvaient se rhabiller. Tous se jetèrent sur les effets en se bousculant prenant qui un pantalon qui une chemise ou un manteau au hasard, il n'était pas tant urgent de retrouver ses propres affaires.

Un seul resta quasi nu, voulant absolument récupérer ses vêtements à lui.

Quand tous furent couverts, il demcura planté là, les bras croisés, grelottant et ne pensant qu'à faire remarquer à ses camarades d'infortune leur impolitesse. Naturellement, cet homme transi sur le quai d'une gare grise et humide était le marquis Victor Greimas de Châteauneuf. L'unique ami que je n'eus jamais.

Un soldat allemand s'approcha de lui et lui flanqua un coup de pied au derrière en s'esclaffant. Un Français emmitouflé dans un manteau de fourrure se baissa et ramassa une veste et un pantalon pour les jeter au marquis. Celui-ci les enfila avec dégoût.

11.

Tout bien pesé, ma vie a basculé à Marseille. Sur les marches du Palais.

Ma femme m'attendait. Elle me fusilla du regard avant de m'assener une gifle magistrale. Sur le coup, je pensai à Julia Lynch, ma collaboratrice.

J'avais cru notre liaison discrète et je tentai de me remémorer rapidement nos erreurs commises comme celle d'aller dîner Rue Neuve après avoir admiré le feu d'artifice du 14-juillet sur un bateau d'un de mes amis, membre de l'Union Nautique Marseillaise, à l'extrémité du Vieux-Port, sous le fort Saint-Nicolas. Mais Sonia ne fit aucune allusion à cette soirée tout au long de laquelle elle essaya de me joindre depuis Paris où notre fille venait de se faire hospitaliser après une mauvaise chute à scooter qui, finalement, s'avéra sans gravité.

Non, elle dit :

— Comment te sens-tu ?

Ce à quoi je répondis en lui posant une question :

— Pourquoi cette gifle ?

— Pour me soulager…

— Et… à présent ?

— Je ne sais pas.

— Pour tout dire, je me sens lâche. C'est un salaud ce type.

— Forast peut-être... Toi, sûrement !

— J'ai fait mon métier. Le cabinet est remis à flot, et je ne crois pas me souvenir que tu n'aies jamais craché sur les menus cadeaux de...

— Je sais. Ce qui était à prendre a été pris... Mais tu n'étais pas obligé de passer sous silence ce document si compromettant pour Forast, il aurait justifié à lui seul ton retrait de l'affaire !

J'étais stupéfait.

Certes, je tenais Sonia au courant du procès. Mais guère plus que son déroulement dans les grandes lignes. Je ne disais rien d'autre qu'elle ne pouvait apprendre en lisant la presse. Jamais je ne lui avais révélé ce que je savais à propos de ce papier, une circulaire signée par le commissaire Forast : un véritable arrêt de mort pour vingt-huit enfants.

Avant de publier cette terrible pièce à conviction découverte dans les archives départementales des Bouches-du-Rhône, un obscur journaliste avait tenu à m'en faire passer une copie par Julia. J'eus ainsi cette preuve quelques heures avant le réquisitoire de l'avocat général.

Je pouvais intervenir, bouleverser l'ordre des choses…

Sonia avait raison : il me suffisait par exemple d'organiser une conférence de presse pour rendre publique cette révélation accablante et annoncer mon retrait logique de l'affaire…

Je n'en fis rien.

Victor qualifia mon acte de bénin, de dérisoire à côté de celui de son frère et surtout, selon lui, comparé au sien. Car il s'accusait d'avoir affreusement manqué de courage et d'avoir agi sans scrupule aucun…

En attendant, l'informateur de Julia n'avait pas fait montre d'une audace remarquable. Il avait seulement pris ses responsabilités. Car enfin, pourquoi avoir confié ce document à mon assistante en sachant pertinemment qu'elle me le communiquerait ? Il détenait un scoop fabuleux. Il aurait pu devenir célèbre du jour au lendemain en intervenant de façon très spectaculaire sur le cours d'un procès particulièrement médiatisé.

J'ai rendu le papier à Julia. Sans un mot. Elle le retournerait au journaliste, un certain Paul-Henry Lizotte, et celui-ci le publierait sur-le-champ, avais-je pensé. Je m'étais même attendu à ce qu'il m'attaquât. J'avais indéniablement pris connaissance d'une bombe !

Rien. Je compris un peu plus tard.

Ce journaliste était d'extrême droite et il œuvrait dans un torchon n'ayant jamais cessé de soutenir Forast. Ce type était en quelque sorte un homme de convictions.

Qu'est devenu cet effroyable document ?

En l'évoquant dans mon livre, je crois qu'il va refaire rapidement surface. L'ai-je dit ? Il s'agit d'un ordre signé par Forast sans aucune ambiguïté. Un texte administratif court et sec demandant l'arrestation d'une soixantaine de personnes, dont la moitié étaient des enfants. Leurs noms, prénoms et âges étaient soigneusement dactylographiés.

12.

Là-bas, en Autriche, ils marchèrent deux ou trois heures avant d'atteindre le but de leur sinistre voyage. Seul (peut-être), Victor avait compris. Cet endroit était un camp de la mort. Morange lui en avait parlé. Il lui avait décrit l'univers concentrationnaire mis au point par les nazis.

Dès le début. Au commencement de ce qui n'était pas encore, aux yeux des ambassadeurs, des écrivaillons et des curés, l'apocalypse. Morange lui avait expliqué le sort réservé aux communistes puis aux handicapés, aux Tziganes et aux Juifs… Il lui avait non seulement nommé deux ou trois camps, mais avait pu les localiser sur une carte du Reich.

Là-bas, ils marchaient…

Des SS chaudement habillés les avaient fait s'ordonner cinq par cinq. Victor comprit vite qu'il valait mieux ne pas être placé dans les rangs extérieurs, car les soldats frappaient volontiers avec la crosse de leurs armes. Des fusils flambant neufs.

La nuit était étrangement noire. Dense.

C'est tout juste si Victor pouvait encore distinguer les visages de ses compagnons d'infortune. La colonne ainsi formée avançait en silence. Parfois un murmure suivi d'un ordre sec en allemand… Puis le bruit des bottes ou celui d'une culasse actionnée dans l'obscurité.

Le pas s'accéléra.

Les SS voulaient aller plus vite, sans doute pour rentrer chez eux plus tôt ? « Ils doivent bien avoir un chez eux, ces brutes épaisses ! » avait pensé Victor.

La route vira légèrement pour traverser un petit bois. Tout à coup des lueurs apparurent. Victor crut d'abord à un village ou aux faubourgs d'une ville. Mais il devina des tours et les rayons de lumière balayant ce qu'il avait pris pour une agglomération achevèrent de le convaincre de ce qu'il avait appréhendé : ils arrivaient au camp…

Un camp parmi tant d'autres. Une forteresse illuminée… Mais où étaient-ils exactement ? Selon ses calculs, Victor penchait pour la Prusse ou alors la Bavière… peut-être l'Autriche, ou la Pologne avait dit quelqu'un.

En tout cas, loin, très loin de la France… Vers l'est…

Dans la troupe on se mit à chuchoter, à faire quelques commentaires. Les plus optimistes parlaient d'un camp de travail ou même d'une ferme expérimentale. Les plus pessimistes se taisaient.

« Une odeur étrange me fit oublier le froid. Une exhalaison lourde perlée d'émanations de cramé… Puis on devina un drôle de bruit. Comme un bourdonnement. Il s'amplifiait par moment puis redevenait inaudible avant de remonter en puissance. Ce bruit inconnu m'obséda ».

Mais Victor n'eut pas le temps de s'interroger plus avant. Sans prendre garde, il avait dérivé sur le côté extérieur du rang et un jeune SS lui asséna un violent coup de crosse dans le ventre. Il vacilla, mais ne tomba point. Ce fut donc plié en deux, cherchant désespérément à reprendre son souffle, qu'il entra au camp.

On leur ordonna de stopper au milieu d'une cour encadrée de bâtiments. Des baraquements en bois.

Des constructions sinistres…

Un officier arriva et fit un long discours auquel naturellement personne ou presque ne comprit mot.

13.

Victor savait la langue de Goethe. Mais quand il saisit dans la nuit déchirée par les projecteurs la teneur de ce discours, il n'osa pas le traduire à ses camarades. Par-dessus le marché, l'officier (en fait le commandant du lieu) accusait ces mauvais Français d'être des terroristes et, au nom du Führer, il s'emploierait, lui le fidèle serviteur de la Grande Allemagne, à ce qu'aucun d'entre eux ne ressortît vivant de cet endroit…

Victor ne dit rien à ses compagnons. Il ne se mêla d'aucune conversation.

Les uns affirmèrent qu'ils allaient être acheminés vers un camp de travail et sans doute répartis dans des fermes environnantes, d'autres, pour se rassurer, prétendaient qu'ils seraient considérés comme des prisonniers protégés par les accords de Genève. Personne ne savait exactement ce qu'étaient ces accords… On évoqua la Croix-Rouge, la Société des Nations, le Vatican…

Victor devinait.

— Je ne ressentis aucune peur. Non… C'est tout juste si je n'éprouvais pas une certaine honte…

— Celle d'être au milieu de gens que vous ne connaissiez pas et que peut-être vous méprisiez ?

— Oh, je n'ai jamais méprisé personne, sauf mon père. Voyez-vous mon cher Maurice, je me souviens d'un nombre impressionnant de détails. Par exemple de l'odeur à la fois âcre et sirupeuse me pénétrant lorsque nous entrâmes pour la première fois dans le camp. Et pourtant il faisait un froid de chien. Nous étions transis. Cette exhalaison, en fait celle de la mort, je ne l'ai pas oubliée. Par contre, j'ai escamoté ce que je me suis dit au moment précis où j'ai su que nous n'avions que très peu de chances de revoir la France… Non, seul ce sentiment de honte reste gravé dans mon esprit. Honte à moi d'être là. Honte aux hommes de m'avoir mis là. Étais-je prétentieux ? Sans doute. Et je pense que c'est grâce à cela si j'en suis revenu...

On les répartit dans les baraquements, me dit-il. Il devait être plus de minuit. Une heure après on leur ordonna de ressortir et à nouveau de se rassembler. Un sous-officier les fit s'organiser sur sept rangs et l'appel débuta. Chacun devait faire un pas en avant. L'Allemand hurlant les patronymes le faisait sans accent. Greimas se demanda alors si ce militaire parvenait à la même performance en s'adressant aux Russes, aux Polonais ou aux Flamands.

Quand ce fut à son tour, le nazi dit : « Victor Henri Greimas, marquis de Châteauneuf ! »

Victor fit comme les autres. Il avança d'un pas et comme il était au premier rang il se trouva encore plus près du Stabsscharführer qui lui chuchota en français :

— Marquis ? Un vrai ?

— Depuis 1678, monsieur.

L'Allemand le toisa et lui fit un clin d'œil. Victor eut la légèreté de sourire et l'Allemand lui allongea un violent coup de poing au creux de l'estomac.

Le marquis s'effondra. Un soldat intervint pour le frapper une seconde fois.

Derrière, un déporté s'avança, mais il n'eut pas le temps d'esquisser le moindre geste : il fut abattu par le soldat d'une balle de revolver en pleine tête.

— C'était un serrurier de Ménilmontant. Peut-on dire que je l'avais tué ?

— Sûrement pas… C'est bien le soldat qui l'a assassiné, en plus vous étiez à terre, lui ai-je alors rappelé.

— Si je n'avais pas répondu à l'officier, cela ne serait jamais arrivé. Pourtant, ma famille fut bien anoblie en 1678… Vous savez, le bruit… Je me souviens également de l'instant où nous franchîmes la vaste entrée dont j'appris qu'elle avait été construite par des Républicains espagnols. Sur le côté de ce portail monumental, un homme était pendu. Autour de son cou était accrochée une pancarte sur laquelle était écrit « Youpi ! Je suis de retour parmi vous ! » Il s'agissait d'un évadé, il avait été repris dans une ferme des environs où il croyait avoir trouvé refuge. Les paysans l'avaient dénoncé…

Quant au bruit, ce bourdonnement entendu à l'approche du camp, c'était celui du courant électrique passant dans la clôture…

14.

Sonia était donc au courant pour le document accablant émanant d'un journaliste d'extrême droite. Elle me le révéla sur les marches du palais de justice. J'étais sidéré et je n'eus même pas la présence d'esprit de lui demander sa source d'information... En fait, une seule personne pouvait avoir renseigné ma femme : Julia Lynch.

Je ne parvins cependant pas à imaginer Sonia et Julia ayant eu des relations. J'avais trompé mon épouse, et ma maîtresse m'avait trahi... Étrange situation.

Du reste, elle fit bien rire Victor. Il s'amusait de ces paradoxes...

« Dans une certaine mesure, je me suis diverti d'apories bien plus tragiques. La survie était-elle à ce prix ? Je me le demande encore ! »

Quel visage avait-il Victor quand il me dit ça ? Peut-être souriait-il, ou une larme perlait-elle au coin de son œil sombre ? Nous étions au téléphone. Après avoir quitté Sonia, je l'avais appelé depuis mon téléphone portable flambant neuf. Il me conseilla de rentrer à Paris. Selon lui, je n'avais plus rien à faire à Marseille. Le procès était fini. De toute façon, les médias n'allaient plus maintenant s'intéresser qu'à une seule chose : le football !

Il ajouta :

— Je suis désolé.

— Pourquoi ?

— Pour vous. Pour ce qui vous a fait marcher jusque-là. Votre ambition… Une appétence accommodée par vos soins à la sauce justice pour vous donner bonne conscience… Maurice, vous devrez survivre. Dans tous les sens du terme.

15.

Pour d'obscures raisons, dues aux arcanes de l'administration nazie d'occupation, Victor ne resta pas plus de deux jours détenu à Fresnes. On ne lui dit rien au moment de son arrestation à Paris. Une voiture le transporta au centre pénitencier de la Seine, puis une autre le ramena à Chalon-sur-Saône. On l'y interrogea avant de l'expédier à Mauthausen, Autriche.

Il passa le Nouvel An à la prison de la rue d'Autun (Chalon). Aux premières lueurs de l'aube de l'année 1944, on vint le chercher. Deux soldats allemands, dont l'un était encore ivre, le conduisirent à pied à la Villa Chevrier. Il était peut-être sept heures du matin. Les rues étaient désertes. La place de Beaune, rebaptisée place Maréchal-Pétain depuis 1941 par les autorités municipales, était traversée par deux couples de chats dont Victor se demanda s'ils revenaient d'un quelconque réveillon animalier.

La tristement célèbre villa Chevrier était le siège de la SIPO-SD. Hôtel particulier réquisitionné dès 1940 par les Allemands, situé en plein cœur de la cité entre la prison et l'Hôtel-de-Ville. À quelques encablures des beaux quartiers. Il était devenu le lieu privilégié de la torture nazie. Pour beaucoup, l'antichambre de la déportation avant l'internement dans les camps de Compiègne et de Romainville. La villa Chevrier fut longtemps synonyme de sauvagerie tout comme la prison de la Citadelle et l'Hôtel

Moderne, siège de la Milice. « Et dire que la demeure a laissé la place à une station-service puis à un parking… », me dit un jour Victor. Il regrettait l'abandon de ces lieux de sang et de larmes aux fossoyeurs urbains comme furent livrées à la vindicte populaire ces pauvres filles qui, comme Arlette, avaient eu la naïveté de croire qu'un nazi pouvait être un homme ! Cette remarque de Victor m'avait surpris.

Il avait remisé tout cynisme. Il en voulait à tous ceux qui, au nom du politiquement correct, préféraient défiler devant un monument aux morts plutôt qu'entretenir, non pas un souvenir, mais juste un souffle, celui du courage et de la liberté.

L'Obersturmführer Krüger, chef de la Sicherheitspolizei, régnait en maître sanguinaire depuis la Villa Chevrier sur toute la sous-préfecture et ses environs. C'était un grand type toujours affable. Il arborait souvent un petit sourire. Jamais il ne touchait un prisonnier. Jamais il ne participait directement à des actes de torture. Personne ne fut témoin d'un meurtre ou d'une exécution commis par lui. Sans doute ne le vit-on jamais un simple pistolet à la main. Mais lui et lui seul donnait les ordres.

Il était l'autorité suprême. Édictant les arrestations, les sévices, les assassinats, les massacres. Krüger avait su s'aliéner une importante quantité d'auxiliaires français. S'il n'avait pas été à Marseille, Forast eut été de ceux-là à Chalon-sur-Saône.

Oui, Forast était de cette race d'hommes, veules et lâches, de ceux (Français !) vénérant les nazis comme Krüger. Et Krüger n'admirait personne. Même pas Hitler !

16.

À Chalon-sur-Saône, Hans Krüger humiliait, torturait, tuait sans jamais avoir de sang sur les mains, contrairement à son affectation précédente, en Pologne à Stanislau où il lança la technique de la Shoah par balles en tant que zélé partisan de la solution finale, en avance sur la conférence de Wannsee. À cette époque, il prêtait volontiers main-forte. Mais il tomba en disgrâce. Non pas à cause de sa cruauté devenue légendaire, mais parce qu'il avait détourné une bonne part des biens volés aux Juifs. Rappelé à Berlin où il écopa d'une petite année de prison, il fut rétrogradé et envoyé en France dans la foulée ou il arriva d'abord en Bretagne, puis en Bourgogne en 1943.

Après la guerre, des juges, des avocats, des historiens le recherchèrent à travers toute l'Europe. On le dit caché en zone britannique après 1945. On le crut emprisonné à Münster ou commerçant à Munich, en face de la brasserie Stadtwaffen. Mais aucune preuve ne fut apportée.

Victor Greimas : « Et des Krüger, il y en a une tripotée en Allemagne. Il était habile, son physique et son nom étaient communs. Krüger était devenu un fantôme... »

En fait, après avoir fui Chalon, Hans Krüger participa à la bataille des Ardennes et à des combats en Hongrie avant de passer aux Pays-Bas où il fut arrêté par les Canadiens. Mais, dans la confusion

71

générale, on ne lui accorda aucune importance et, libéré, il se retira en Rhénanie à partir de 1948. Il fit carrière tranquillement dans la quincaillerie puis dans les travaux publics. Dans les années cinquante, il osa se lancer en politique, à l'extrême droite. Mais en 1959, le bureau du procureur d'État de Dortmund ouvrit une enquête sur lui. Placé en détention provisoire et inculpé, il fut condamné en 1968 à la réclusion à perpétuité pour crimes contre l'humanité. Mais bizarrement, il ne sera jamais inquiété pour ses atrocités commises en France, notamment à Chalon-sur-Saône. Libéré de prison vingt ans plus tard, il mourut paisiblement dans son lit en février 1988 à l'âge de 78 ans…

Selon Victor, Krüger était un de ces officiers nazis à avoir toujours eu conscience de la précarité de la puissance allemande. Il le lui aurait même dit : « Tout cela est temporaire. Rien ne se perpétuera. Il faut être stupide pour croire que le Reich durera mille ans ! Il ne survivra pas à une poignée d'hivers… »

Quand Krüger avait-il dit cela à Victor ? Je ne sais pas. Sans doute entre deux séances de torture, peut-être juste avant que les soldats ne le reconduisent dans sa cellule. Parfois en le traînant.

Avant la déportation, durant cinq jours consécutifs, Victor avait été tiré de sa paillasse et emmené à la villa. Après avoir gravi un escalier raide et sombre, il se retrouvait au deuxième étage dans une sorte de salle d'attente où on l'asseyait sur un tabouret. Un des soldats le menottait et l'attachait à des anneaux fichés dans le mur, face à lui. Mais de trois quarts, dos à ses malheureux coreligionnaires.

D'autres prisonniers prenaient place sur un des neuf sièges, dans une position identique. Assujettis de la même manière, ils ne pouvaient pas communiquer.

Ils marinaient des heures sous l'œil vigilant d'un ou deux gardiens installés à un large bureau. Ils attendaient que l'on veuille bien disposer d'eux.

Alors, on les introduisait dans une des pièces en fonction de l'interrogatoire et des tortures à infliger. Ils revenaient ensuite reprendre leur place en sang, en sueur, à bout de souffle ; en larmes et les poings serrés.

Parfois personne ne venait les chercher et, au bout de huit ou dix heures, ils étaient renvoyés dans leur cellule.

Victor perdit ses ongles. « Je me suis habitué à la douleur, mais pas à la haine... »

Victor Greimas, marquis de Châteauneuf, arriva au camp de Mauthausen le 18 janvier 1944. Mauthausen, perchée sur une colline entre l'immense forêt giboyeuse du Mühlviertel et le beau Danube bleu. Une petite ville d'Autriche célèbre pour ses chemins de randonnée et ses carrières de granite d'où furent extraits les blocs utilisés pour le pavage des rues et la construction des édifices de Linz (chef-lieu de la Haute-Autriche), ville chère à Hitler.

17.

Après le procès et que mon épouse m'eut giflé sur les marches du Palais, je ne rentrai pas directement à Paris. Je louai une voiture (nous étions tous venus en avion) et décidai de prendre un peu de recul et de repos. Je séjournai deux jours en Avignon puis deux autres à Genève. Je n'avais pas prévu d'itinéraire spécial. Ces deux villes s'étaient simplement trouvées sur mon chemin au hasard des carrefours. J'avais ignoré les autoroutes.

J'écrivis depuis Genève une longue lettre à Sonia. Je n'avais pas éprouvé le besoin de me justifier, mais seulement celui d'expliquer et surtout de demander des éclaircissements sur la nature exacte des relations entre elle et Julia.

En postant ce courrier, je m'aperçus ne pas souhaiter obtenir ces précisions.

L'unique chose m'important était de quitter le métier et de m'installer en Bourgogne. Confusément, je projetais de me rapprocher de Victor. Je ne sais comment je pris cette décision. Je me sentais dans un état particulier. J'étais à la fois envahi par une espèce d'écœurement et par un net soulagement. Une aversion sans doute causée par ces longues plaidoiries prononcées en faveur de Forast et une sorte de consolation : justement, je n'étais pas Forast ! Je ne l'ai jamais été et je ne le serai jamais, car l'occasion ne s'était tout simplement pas présentée et qu'elle n'était pas prête de se produire si je me réfugiais au cœur de la campagne française avec pour toute ambition celle d'écrire un livre et de cultiver mon jardin.

Se demander, « moi qu'aurai-je fait en 1940 ? » est inutile. Celui se la posant rêve secrètement d'avoir eu la lucidité et le courage d'entrer dans la Résistance naturellement ! Après coup, facile…

Ma lettre à Sonia, je l'ai retrouvée dans la boîte parmi un impressionnant volume de courriers et de publicités dans le hall de l'immeuble où était situé notre appartement, boulevard Raspail à Paris. Elle n'était pas rentrée. J'attendis encore deux jours avant de la contacter. Je déposai plusieurs messages. Elle me rappela un dimanche matin, peu avant midi.

Notre conversation fut brève.

Elle se trouvait avec Julia du côté de Nice, elles ne comptaient pas revenir avant une bonne quinzaine, cela me laissait donc le temps « d'aller me faire pendre ailleurs », elle était d'accord pour divorcer, elle conservait le logement, mais je pouvais garder les voitures, l'argent liquide et la moitié du produit de la vente du cabinet. Je passai plusieurs jours à régler tous ces problèmes avec l'aide d'un collègue. Je refusai de nombreuses invitations à plusieurs émissions de télévision dont l'une, proposée par un animateur célèbre, avait pour projet de me confronter au journaliste Lizotte, suite à la publication d'un article dans le Canard Enchaîné repris par le Nouvel Observateur. On m'accusait (à raison !) d'avoir dissimulé une pièce à charge essentielle.

Lizotte avait-il lui-même informé ses confrères ? Je ne cherchais pas à le savoir, mais j'appris beaucoup plus tard que la « fuite » venait tout simplement de Julia Lynch dont la mère avait été arrachée des mains d'un Russe par le marquis Greimas de Châteauneuf !

Ce fut l'occasion pour moi de m'interroger une fois de plus sur les relations entretenues entre ma femme et ma maîtresse. À ce sujet, Victor me suggéra, non sans une certaine ironie, de les imaginer alanguies sur des transats face à la mer. Il me conseilla également de ne plus lire les journaux…

18.

Hitler était né à Braunau-am-Inn dans l'auberge Gasthof zum Pommer, non loin de Linz où il fut scolarisé à la Realschule. Il y redoubla dès la première année. Il rêvait de prendre une longue et heureuse retraite dans cette ville pour laquelle il voulait faire de grandes et belles choses comme des musées, des monuments à la gloire du Reich éternel, un stade olympique et, naturellement, une vaste demeure pour lui et les siens.

Un palais.

Les Autrichiens croyaient-ils sincèrement que le Führer avait des « siens » avec une vraie famille et des amis intimes prêts à participer à de merveilleuses réunions conviviales et animées ? Adolf avait-il pour unique ambition de venir bénéficier d'une prébende bien méritée dans la cité de sa jeunesse, en famille ? Dans une Allemagne prospère et paisible ?

Toujours est-il qu'Himmler et Speer choisirent Mauthausen pour ses carrières de granite desservies par de belles voies fluviale et ferrée afin d'installer, en ce lieu bucolique, un des camps nazis les plus terribles.

« Mauthausen était une bourgade autrichienne magnifique et la région était peuplée de paysans, d'employés, de gens simples ayant le goût de la geste rurale ponctuée par des saisons se succédant au rythme des fêtes religieuses. Jamais l'idée de révolte ou de conquête ne s'insinuera dans ce tableau idyllique », disait Victor.

Il ajoutait : « La vie au camp était effroyable, inimaginable…

… J'ai bénéficié d'une chance insolente. Un miracle… Grâce à la guérite des huches à pain ! Ce pain m'a sans doute sauvé la peau, en tous les cas, il est certain qu'il m'a permis d'emmagasiner suffisamment d'énergie pour survivre notamment durant l'évasion. Ce pain m'a donné les moyens de me hisser au degré de résistance des officiers soviétiques, ou plutôt de me remplir de la rage nécessaire pour lutter. Une fureur au moins égale à celle des Russes. Devant notre baraquement, il y avait une petite guérite entre nous et la cabane du chef de bloc. Notre Blockaelteste était un Franco-Polonais et je m'étais aperçu qu'il n'était guère futé. Je me demande pourquoi les SS l'avaient choisi d'autant qu'il était à moitié sourd.

« Une nuit, je me suis introduit dans l'abri sans me faire remarquer. Les huches à pain étaient livrées dans une caisse cadenassée. Mais elle était en mauvais état et l'une des charnières était cassée. J'ai pu régulièrement subtiliser du pain. Mais une nuit, le Blockaelteste est entré à l'improviste dans la guérite puis il a commencé à fouiller. Ma maigreur m'a permis de me glisser entre l'arrière de la caisse et la paroi. Le type s'est lassé et je suis sorti à mon tour. Le lendemain, il y avait une cantine neuve. Mais ce pain, juste avant l'évasion, a été une chance… oui, arrogante ! »

Le marquis souffrait comme tous de la violence, du froid, de la faim, de l'épuisement, mais il me dit avoir été plus sensible encore à « cet ignoble sentiment d'indifférence à notre sort… »

« Il nous arrivait de sortir du camp (notamment pour aller travailler) et aussi de voir traverser le Fossé de Vienne par des gens bien portants. Et ces gens que nous apercevions, nous avions la prénotion qu'ils ne nous remarquaient pas. Dans nos uniformes rayés, nous étions des fantômes ! Comment peut-on imaginer qu'à cent mètres de maisons abritant des jours heureux et quasi insouciants, à cent mètres de lits confortables où des hommes et des femmes faisaient l'amour, à un jet de pierre d'églises, d'écoles, d'auberges où l'on mangeait copieusement, tout près de jardins où l'on faisait pousser de merveilleux légumes, comment peut-on concevoir qu'à de si faibles distances de la vraie vie, on exterminait par centaines des hommes, des femmes et des enfants… Gaz, pendaison, torture… Essence injectée dans les veines… Qui, un jour, au-delà de la mémoire… qui un jour pourra répondre à cette question obsédante me réveillant encore la nuit, portant en moi une terreur bien plus forte que la douleur infligée par les brutalités et les humiliations : comment une telle indifférence avait-elle pu être possible ? »

Victor affirmait aussi que les Autrichiens, dont la situation était parfois précaire vis-à-vis de Berlin, étaient partagés entre l'horreur d'être les témoins de ces actes de barbarie et le soulagement de ne pas en être les victimes. Alors ils refusaient de voir, s'accrochant jour après jour à leur bonheur si factice, préservé malgré la proximité de l'indicible…

Victor : « Finalement, les habitants de la Haute-Autriche se foutaient peut-être éperdument des camps, du massacre des Juifs comme l'écrasante majorité des Allemands ou des Français. Lisons attentivement La Boétie, il a pourtant écrit son Discours de la servitude volontaire il y a déjà quatre siècles ! Oui, les peuples sont responsables autant que les oppresseurs. Sans le peuple, point de tyrans... et, crions-le avec Max Frisch, pire que le bruit des bottes, le silence des pantoufles ! »

À Mauthausen on extrayait le granite à ciel ouvert. La carrière était une longue échancrure dans laquelle ils devaient descendre. Le Fossé de Vienne était la principale taille, on y accédait par un escalier de cent quatre-vingt-six marches.

Victor : « Nous sommes arrivés en hiver, certes. Mais il faut s'imaginer Mauthausen au mois de juin. Une bourgade fleurie blottie dans un écran de verdure au bord du fleuve, une poignée de maisons toutes les unes plus coquettes que les autres aux balcons regorgeant de géraniums, aux jardinets colorés par des clématites, des myosotis et des azalées. Au milieu de cette petite ville, un fier clocher veille sur la tranquillité de ses habitants et, un peu à l'écart, on peut apercevoir ces longues cicatrices que sont les chantiers. Des carrières qui depuis des lustres ont fait la prospérité de l'endroit. Des carrières dont on a extrait la matière première à l'édification de tout de ce qui pouvait se voir de loin en Autriche comme la belle cathédrale Saint-Étienne de Vienne. Il n'est pas vain d'imaginer que l'immeuble où vécut Freud fut construit en partie avec du granite venu de Mauthausen… »

19.

Oui, j'ai longtemps fermé les yeux et j'ai vu cette ville et ce camp. Enfer au sein du paradis. Je suis allé sur le site internet de Mauthausen pour découvrir les pages de n'importe quelle ville touristique d'Europe avec ses programmes de randonnées et son calendrier culturel, visite du camp comprise...

J'ai lu quelques livres sur le camp, notamment sur sa libération et les témoignages des soldats américains. Les mots ont-ils une valeur devant tant d'horreur ? J'ai remarqué que justement les paroles les plus simples avaient le plus de poids. Les mots de ces jeunes soldats américains si bien nourris et qui passaient de l'autre côté du miroir, en particulier. Aucun d'entre eux n'oublia jamais.

Les historiens, puis les sociologues et les philosophes, les politiques enfin se sont emparés de la Shoah, chacun à leur manière, chacun avec son discours...

Mais aucun n'a eu la justesse de ton de Victor et d'autres survivants, aucun n'a eu le cri de ce soldat, à peine sorti de l'adolescence, né dans une ferme du Minnesota. Voyant un squelette accroché à son bras vomir la nourriture qu'on venait de lui donner, observant fasciné cet homme, qui aurait pu être son père, son grand-père ou son frère tant l'âge en plus de la densité humaine avait disparu de tout son être affreusement marqué, entendant le moribond l'implorer, le jeune libérateur en excellente santé appela sa mère dans une sorte de hurlement muet. Et il eut un réflexe qu'il regretta toute sa vie : il lâcha le squelette et le squelette glissa le long de son corps musclé en se désossant.

Tant d'horreur insupportable pour des milliers de personnes à travers l'Europe, tant de mépris fut le lot quotidien des tortionnaires et des victimes, tant de haine fut partagée par des âmes misérables. Victor fut victime.

Peu de temps avant l'évasion, il me raconta avoir été témoin d'une de ces atrocités inconcevables et pourtant devenues tellement banales à Mauthausen.

La scène terrifiante s'était déroulée dans une sorte d'atelier de menuiserie un peu à l'écart des baraquements. Il ne savait plus pourquoi il se trouvait là.

Dans cet atelier, plusieurs prisonniers coupaient, sur des scies circulaires, des morceaux de bois d'un mètre de long pour un usage inconnu. Toujours est-il qu'un juif polonais laissa échapper une brisure. Il allait se pencher pour la ramasser quand un SS l'en empêcha et lui botta le cul. Le Polonais s'excusa piteusement et voulut repositionner la pièce, mais l'Allemand la lui arracha des mains avant de lui empoigner l'avant-bras et de le pousser vers la lame tournant à toute vitesse. Le prisonnier cria. L'Allemand relâcha la pression de sa main. On put lire le soulagement sur le visage émacié du prisonnier. Alors le SS se raidit et termina son geste. Le bras fut proprement tranché dans une grande gerbe de sang. La partie sectionnée tomba dans la sciure. Le Polonais se précipita pour ramasser le membre et tenta, hagard et trépidant, de le ressouder. Il mourut exsangue.

Il y a peu de temps, j'ai vu les images du procès d'Adolf Eichmann à Jérusalem tournées en 1961. Un document en noir et blanc réalisé et produit par Eyal Sivan et Léo Hurwitz. J'ai demandé à Victor s'il le connaissait. Comme il me répondit par la négative je lui proposai de lui passer un enregistrement vidéo. Il refusa. Je m'étonnai, il dit :

— Que croyiez-vous que je vais découvrir ? Rien. Et vous qu'avez-vous déchiffré ?

Le film a entièrement été tourné à Jérusalem dans l'enceinte du tribunal. On voit le procureur, les juges, les avocats et surtout les témoins déposer, certains submergés par l'émotion et puis on voit Eichmann, dans sa cage de verre…

— Et alors ?

— C'est un document historique !

— Bien sûr, mais Adolf Eichmann, quel intérêt ?

— Quinze ou seize ans après la guerre, on peut observer un…

— Un type ordinaire n'est-ce pas ?

— Oui…

— Et fascinant ?

Je dois avouer que j'étais mal à l'aise. Je comprenais ce que voulait dire Victor : en effet, j'avais été envoûté par Eichmann, en quelque sorte. Un homme quelconque. Un fonctionnaire aux lunettes et à la calvitie d'une banalité affligeante. Un type à la voix sans timbre, aux gestes lents, mais parfois saccadés. Durant tout le film, je n'attendais qu'une chose, que la caméra cadre ce visage de Monsieur Tout-le-Monde. Un citoyen obéissant à la Loi. Aux ordres. On ne peut s'empêcher ici de penser à Hannah Arendt !

Je ne guettais que les gros plans. J'aurais aimé qu'il se passe quelque chose, que Eichmann hurle, supplie, crie « Heil Hitler ! » en plein réquisitoire. Non. Rien. Il répondait aux questions d'une façon claire et technique. Il savait prendre un ton obséquieux. Sa bouche se tordait bien en un petit rictus, une ou deux fois ses mains tremblèrent, mais cet homme, ce monstre, était venu avec un épais dossier qu'il remportait chaque soir et il notait et il expliquait et il argumentait, s'excusant même à un moment d'avoir sans doute causé des « désagréments » à certains Juifs.

Des désagréments…

20.

Victor avait raison : Eichmann ne dit rien qu'on ne savait déjà. Il confirma seulement quelques atrocités par certains silences. Eichmann ne ressemblait pas à un assassin. Il n'avait pas une sale gueule. On aurait pu le rencontrer derrière n'importe quel bureau du Trésor Public ou d'un ministère en 1961. Mais aussi au XXIe siècle. Adolf Eichmann s'appelait en fait Martin, Paul ou Alfred Dupont.

Victor avait vu juste et comme j'étais un peu dépité je voulus détourner la conversation et tenter de le mettre à son tour en difficulté :

— Parlez-moi donc de cette terrible pleutrerie dont vous vous accusez sans cesse. Une lâcheté encore plus immonde que celle de votre frère…

— Mon frère n'a pas été lâche !

— Il vous a tout de même dénoncé… Il vous a envoyé en déportation !

— Ce n'est pas de la couardise. Non. Il pouvait ne pas le faire. Rien ne l'obligeait, il ne subissait aucune pression, il ne risquait rien… Mon frère a agi parce qu'il était collaborateur. Il voulait se faire mousser auprès de Marcel Déat et d'Otto Abetz avec l'espoir d'être nommé à des postes valorisants, sources de revenus et d'honneurs. Vous pouvez l'accuser d'avoir été un assassin, un fratricide, un traître. Mais pas un lâche. Il n'a ni manqué de courage ni été

89

coupable de poltronnerie. En fait, il était surtout con. C'est la connerie qui m'a envoyé en Allemagne.

Une crétinerie que mon frère a partagée avec mon père et avec une multitude d'Européens !

Je lui ai posé encore une ou deux questions. En vain. Ma curiosité l'agaçait. Et quand Victor était contrarié par mes propos, il se levait sans rien dire et il me tournait le dos sans même me saluer. Nous étions en froid, enfin jusqu'à la prochaine fois, car jusqu'à sa mort il y eut toujours une prochaine fois.

Quand je repense à nos conversations, je ne peux chasser un certain nombre d'interrogations de mon esprit. La plus lancinante d'entre elles est bien sûr celle qui ne trouvera jamais de réponses : qu'aurai-je fait, moi, Maurice Douvier entre 1939 et 1944 ? Et qu'aurai-je précisément fait à la place de Victor ? Encore une fois, question inutile. Mais taraudante…

Mais aurai-je été résistant du début à la fin ou bien collaborateur ou milicien ou tout simplement indifférent comme la plupart des Français : c'est-à-dire pétainiste en 40 puis gaulliste en 44 ? Cette terrible interrogation a pourtant eu un début d'éclaircissement durant quatre mois puisque j'ai plaidé jusqu'au bout en faveur d'un bourreau inféodé aux nazis, et ceci en toute connaissance de cause. Sonia me l'avait dit : « Tu aurais pu faire un fameux collabo ! Une belle crapule, oui... »

Et si, par chance, oui je précise bien par chance, j'avais été résistant et par malheur torturé derrière les murs de la villa Chevrier à Chalon-sur-Saône, aurai-je tenu ? N'aurai-je pas parlé ? Et si comme Victor je m'étais retrouvé à Mauthausen et si comme lui j'avais été témoin de ces actes effroyables perpétrés par les gardiens s'amusant à balancer des Juifs du haut de l'escalier ensanglanté menant au Fossé de Vienne ? Serai-je intervenu ? Aurai-je aidé ces hommes qui s'écrasaient en bas après avoir senti leurs os se briser et leurs chairs éclater avant d'agoniser dans la boue ?

Et surtout, comment me serais-je conduit si comme Victor j'avais participé à une des très rares peut-être à l'unique évasion collective d'un camp de concentration nazi ? Et si…

Oui, ce sont bien là des questions inutiles !

21.

Les Russes étaient à l'origine de cette évasion. Des Russes cannibales ! Oui, il y eut de nombreux cas d'anthropophagie. Naturellement, pas tous du fait des prisonniers russes. Seulement, Victor m'avait raconté une chose difficile à croire, et pourtant…

Un jour, un détenu fut puni pour une broutille. Les SS ne le tuèrent pas. Ils l'attachèrent à un pieu. C'était en mai. Il ne faisait ni trop chaud ni trop froid. Le poteau était situé du côté des baraquements occupés par des Russes et des Polonais. Les autres prisonniers y virent une mesure de clémence d'autant plus inhabituelle qu'il s'agissait d'un juif allemand portant l'étoile jaune et rouge.

Victor et ses camarades furent réveillés par des hurlements. Vers une heure du matin.

Des cris… ils y étaient accoutumés. Mais ils comprirent tous, le Juif allemand gueulait d'une façon tellement atroce qu'ils ne purent s'empêcher d'aller voir. Ils sortirent à quatre ou cinq et ils réalisèrent l'ineffable à la lumière blafarde d'un projecteur intentionnellement braqué par une sentinelle sur le type attaché à son poteau. À l'homme, il manquait un pied, le mollet paraissait déchiqueté et une partie de l'avant-bras était entaillée jusqu'à l'os.

On avait ouvert le feu et un prisonnier russe gisait à terre ; il tenait encore fermement dans sa main le pied du Juif qui n'était pas mort et que les SS se gardèrent bien d'achever.

Les Juifs et les Russes étaient les plus mal traités dans les camps. On ne leur laissait rien passer. Mais les Russes avaient, selon Victor, plus de hargne à survivre. Il n'était pas rare qu'un Russe frappât un SS tout en se sachant irrémédiablement condamné.

Les prisonniers de guerre soviétiques, tel était leur statut (ils venaient des pénitenciers de Vienne et de Linz), étaient tout simplement privés de nourriture. Quand on leur donnait à manger, c'était une soupe au sel. Ils en crevaient de soif. Au plus froid de l'hiver, les SS les douchaient puis les forçaient à rester des heures debout en plein vent. À ce régime, il en mourait deux douzaines par jour. Beaucoup de ceux faisant partie du kommando de la carrière étaient exécutés le soir avec les Juifs. Tout en haut des cent quatre-vingt-six marches, il suffisait de les pousser, de leur faire un croc-en-jambe et ils étaient emportés par le poids de la pierre portée sur leurs épaules. Certains d'entre eux réussissaient parfois à dévaler l'escalier sans basculer du côté du précipice profond de cinquante à soixante mètres.

Les SS appelaient ça les parachutes.

Les hommes s'écrasaient en bas. Régulièrement, il fallait enlever les morceaux de cervelles, les traces de sang, les éclats d'os…

Les Russes étaient, de tous les déportés à Mauthausen, les plus acharnés non pas à rester en vie, mais à sauver leur dignité... Victor Greimas les admirait.

Ils furent donc à l'origine de la seule évasion collective recensée et à laquelle lui, le marquis Victor Greimas de Châteauneuf, participa.

Par quelles vicissitudes avait-il noué des liens avec les Soviétiques ? Victor était dans une des baraques attribuées aux Français et aux Belges. Il était dans la plus proche de celle des Slaves. Victor ne fut jamais d'une constitution physique exceptionnelle. Mais il survécut au typhus et aux coups. Il réussit à éviter de glisser sur l'une des cent quatre-vingt-six marches de l'escalier de la carrière et de se fracasser tout au fond. Il échappa aux exécutions et aux prélèvements arbitraires des SS. Par un hasard étrange, il passa durant les premiers mois de sa détention d'un kommando à l'autre. Ainsi ne fut-il pas affecté en permanence au Fossé de Vienne. Il travailla à la menuiserie, à l'infirmerie et même dans un des bureaux attachés à la gestion du camp. Pourquoi cet emploi du temps ?

Victor lui-même ne le sut jamais.

Quant à sa résistance physique, il l'expliquait simplement par sa résilience. Et par la chance...

Il se lia avec les Russes et quand ceux-ci tentèrent leur évasion le 2 février 1945 (Victor était à

Mauthausen depuis cinquante-sept semaines), non seulement ils le mirent dans la confidence, mais ils l'invitèrent à se lancer avec eux.

Quand j'écris que les Russes l'instruisirent de leur projet, cela ne veut pas dire qu'ils avaient longuement préparé un plan. Ils n'en eurent pas les moyens.

En février 1945, les Soviétiques n'étaient plus que cinq cent soixante-dix sur les quatre mille sept cents officiers arrivés à peine un an plus tôt. Sur ces rescapés quatre cent quatre-vingt-seize, dont Victor, tentèrent l'impossible dans la nuit du 2 au 3 février 1945. Une nuit calme presque printanière, éclairée par une lune jouant avec quelques traînées nébuleuses.

22

Une nuit qualifiée par les autorités linzoises de particulièrement paisible…

Les projecteurs des batteries aériennes étaient aveugles et, avant l'évènement, aucune sirène ne retentit.

Quatre cent quatre-vingt-seize hommes exténués, affamés, humiliés comme aucun être humain ne le fut jamais, quatre cent quatre-vingt-seize morts-vivants trouvèrent alors la vigueur et l'ardeur nécessaires pour attaquer une tour de garde vers deux heures du matin.

Victor : « J'avais une planche dans les mains. D'autres brandissaient des barres de fer récupérées je ne sais où, certains avaient des galoches ou des pierres et des extincteurs Total. Beaucoup seulement leurs poings serrés. Mais imaginez ces d'hommes très affaiblis mus par l'énergie du désespoir déferler vers cette tour… Les gardiens tirèrent. Certes, plusieurs d'entre nous tombèrent, mais les SS furent submergés alors nous nous en prîmes à une deuxième tour avec les armes à feu saisies dans la première. Ceux qui n'avaient pas de fusils ou de pistolets utilisèrent des extincteurs. Nous fûmes environ quatre cent cinquante à atteindre les fils barbelés. Nous lançâmes contre la clôture des objets métalliques et des couvertures mouillées pour provoquer des courts-circuits. Formidable branle-bas… J'ai cru une seconde que tout le camp se soulevait. Mais non : nous fûmes moins de quatre cent cinquante à passer de l'autre côté ! »

Victor avait naïvement cru que cette révolte engendrerait une révolution et que les milliers de déportés du camp de Mauthausen se seraient emparés des autres tours et auraient fini par ouvrir les immenses battants de la monumentale porte d'entrée de cette prison dont on ne devait pas ressortir vivant. Quatre cent quatre-vingt-seize captifs seulement conçurent et réalisèrent l'impensable et moins de quatre cents se retrouvèrent dans les champs et les bois environnants, au nord du Danube. Selon les archives de la police, deux cents furent récupérés et exécutés avant midi et pour la plupart suppliciés avant de mourir. Une centaine furent découverts morts dans les rues de la ville. Un camion sillonna Mauthausen pour les emporter. Certains de ces cadavres avaient encore un souffle de vie et les témoins purent les entendre gémir en même temps qu'ils voyaient le sang dégouliner d'entre les ridelles du véhicule.

Le soir du 3 février, tous les fugitifs ou presque avaient été repris. Beaucoup d'entre eux avaient espéré être recueillis par la population, mais la grande majorité fut rejetée sinon dénoncée. Des gens étaient allés spontanément trouver la police après avoir vu des prisonniers dans leurs jardins, dans leurs cours, dans leurs caves… Certains des évadés agonisèrent sur le seuil d'une grange, au pied d'un arbre, aux portes d'une chapelle.

23.

Le 4 février à midi (vingt-sept heures après la conquête de la première tour de garde), le commandant du camp de Mauthausen informa Berlin : seuls dix-sept évadés n'avaient pas été repris. Dont le marquis. Ils n'étaient plus que onze le lendemain. Victor était toujours parmi eux. Trois ou quatre (on ne sut jamais exactement) parvinrent à gagner la Tchécoslovaquie. Deux furent repérés dans les collines boisées du Waldviertel, mais ils réussirent à se faire passer pour des ouvriers agricoles. Ils ne furent pas renvoyés au camp.

Victor se retrouva dans un groupe de quatre survivants. Grâce à des hommes de peine, ils furent d'abord cachés dans une grange puis, avec l'aide de la famille d'un notaire, dans la cave d'une vieille ferme abandonnée.

L'homme de loi était Gonrad Mascherthaler.

Il avait une femme, Anita, et trois enfants. Un de ses fils était sur le front russe. Un autre en France quelque part dans la vallée du Rhône. Sa fille était à la maison. Elle s'appelait Renata. En 1945, elle avait à peine 18 ans. Elle sera la mère de Julia Lynch. Ma collaboratrice qui fut l'espace d'une courte année ma maîtresse… J'ai donc couché avec la fille du couple autrichien qui sauva Victor Greimas, marquis de Châteauneuf, résistant de la première heure, ami de toujours. Mort et enterré ici. Dans cette Bourgogne où je veux moi-même disparaître.

« Dieu existe, la preuve : je ne l'ai jamais rencontré… »

Selon Victor, Gonrad Mascherthaler était un homme juste, ce qui, dans la bouche du marquis, voulait dire naïf.

« Pourtant je l'ai tué… »

Naïf au point d'être membre du parti nazi dès la fin des années vingt…

Naïf au point d'applaudir la victoire d'Hitler en 1933 en Allemagne. Naïf au point d'inscrire ses fils aux jeunesses hitlériennes, juste après l'Anschluss.

Et crédule au point de se convaincre que si Hitler avait été au courant de tout ça jamais il n'aurait laissé plonger le Reich dans un tel chaos. Car cet homme juste ou candide avait tout de même compris qu'on massacrait allégrement des êtres humains au nom d'un Reich éternel. Il avait entendu les cris montant du Fossé de Vienne, il avait vu l'escalier souillé de sang et de débris humains… Il fut parmi les invités officiels lors de la construction du camp et des aménagements alentour.

Mais il n'y avait pas que ça. Le Führer n'avait pas été informé... des chambres à gaz, des exécutions, des tortures, des fours crématoires…

Le notaire insistait toujours : non, Hitler ne savait pas… il n'a jamais été responsable de tout cela...

Non, Hitler ne pouvait pas savoir…

Victor n'avait pas répliqué. À quoi bon ? Le plus important était qu'il soit sauvé des griffes des sbires de Mauthausen.
Le reste…
Le reste allait venir. Et puis il y avait la fille de Mascherthaler par qui (peut-être) tout arriva.

24.

Victor : « Je fais parfois un rêve. Je suis tout en haut de l'escalier. Sur la cent quatre-vingt-sixième marche. Et Gonrad Mascherthaler est tout en bas. Il me dit de descendre. Il n'y a que nous deux. Pas un SS, aucun prisonnier. Il fait doux. Le ciel est bleu. Je porte une grosse pierre taillée. Ce bloc est très lourd. Il pèse beaucoup plus que n'importe quelle autre pierre. Je le soulève à bout de bras et la projette en avant. Il décrit un arc de cercle et écrase le petit notaire de province qui m'a sauvé. Sa tête explose. Ses lunettes giclent comme dans un dessin animé. Et tout à coup, des centaines de SS arrivent de partout poussant devant eux des milliers de déportées dont les visages sont la réplique exacte de celui de Renata. Le ciel se couvre et j'ai froid… »

L'un des Russes mourut rapidement. Ce fut un véritable problème pour faire disparaître le corps. Finalement, dans la nuit du 7 au 8 février, Gonrad, Victor et Vladimir (l'officier soviétique survivant) transportèrent le cadavre à la limite du village pour l'abandonner sur la route de Schwertberg, le long d'une voie ferrée. Cette même nuit les deux autres Russes s'évanouirent dans la nature. Tentèrent-ils de gagner la Tchécoslovaquie en contournant Vienne ?

Le notaire installa Vladimir et Victor dans le grenier de sa propre maison. Une fois par jour, Renata leur portait à manger et, à la demande de Victor, un

journal. Mais au bout de deux semaines, le quotidien
cessa de paraître.

25.

Victor : « Lorsque nous allions du camp au Fossé de Vienne, nous traversions une zone habitée de Mauthausen. Il y avait des maisons, une ou deux fermes, je ne sais plus. Très souvent, des dizaines de badauds nous regardaient défiler, misérables insectes se soutenant piteusement les uns les autres. Certaines de ses personnes n'hésitaient pas à nous tendre des crocs-en-jambe et à nous battre quand nous étions à terre. Un jour, je remarquai une jeune fille parmi ces apprentis bourreaux. Elle criait comme ses voisins, mais discrètement elle nous lançait quelque chose. Ce n'était ni des pierres ni des détritus, mais des morceaux de pain frais et des tranches de lard. Au fil des jours, ses gestes devenaient de plus en plus précis.

C'était Renata. »

Malheureusement, un nombre considérable de parts se perdait.

Une seule tranche de lard pouvait prolonger d'une semaine la vie d'un déporté ! De plus, il y avait le risque de provoquer une émeute et de déchaîner la fureur meurtrière des SS. Ils attendaient moins que ça pour massacrer. Alors, la jeune fille mit au point un stratagème consistant à heurter inopinément un prisonnier au hasard pour lui glisser la nourriture dans une poche. Elle réussit à le faire plusieurs fois avec Victor.

Chez le notaire, les deux hommes se refirent rapidement une santé. Victor réclama du papier, un crayon et des livres. Vladimir fit des pieds et des mains pour obtenir une radio. On la lui refusa. Au fur et à mesure que le temps passait, les deux évadés se requinquaient et leurs caractères s'affirmaient, ou plutôt chacun d'eux retrouva sa vraie nature.

26.

Le marquis redevint cet être contemplatif pouvant observer des heures durant les moindres faits et gestes d'Arlette Larousse. En l'occurrence, il n'avait plus pour objet d'étude qu'un officier soviétique passablement sénile par son trop long séjour au camp d'extermination de Mauthausen. Il redécouvrit des images. Des scènes avec des physionomies. Il se remémora précisément les visages de sa mère, de son père et d'Antoine son frère. Il ressuscita les traits taillés à la serpe de Morange.

Quant à Vladimir, il se révéla être un compagnon peu bavard. Le Russe disait quelques mots de français et parlait l'allemand aussi bien que Victor, mais il lui arrivait d'être muet tout le jour. Souvent, il avait des accès d'humeur et pouvait se montrer particulièrement grossier avec Renata. À plusieurs reprises, Victor tenta de dialoguer. Il essaya de l'interroger sur sa vie d'officier de l'Armée Rouge. En vain : l'autre restait évasif ou alors se lançait dans un interminable monologue auquel Victor ne comprenait strictement rien. Le marquis pensa que Vladimir avait mal supporté sa captivité au camp ; les coups, les privations, les tortures avaient peut-être fini par faire chanceler sa raison.

Le soir, il arrivait parfois que le notaire vînt leur rendre visite. Il leur donnait des nouvelles de l'étau américano-soviétique se resserrant sur l'Allemagne nazie. Les troupes soviétiques étaient maintenant à moins d'une centaine de kilomètres de Mauthausen. Victor pensa à ses compagnons d'infortune.

Ceux qui étaient au camp...

Ceux qui agonisaient en bas de l'escalier du Fossé de Vienne ou dans des baraques surpeuplées ou au Revier...

Il en succombait des dizaines par jour. Et il en mourra encore après la libération du camp. En attendant, il fallait lutter pour rester en vie une heure de plus.

Et puis Victor me raconta enfin pourquoi et comment il avait tué Gonrad, son sauveur, à cause de Vladimir et de la grand-mère de celle qui, 55 ans plus tard, fut ma collaboratrice la plus efficace au sein de mon cabinet parisien.

On a coutume de s'exclamer que le monde est petit ! Mais jamais je ne pourrais m'expliquer de façon rationnelle ma situation si étrange : j'ai défendu un criminel de guerre, j'ai eu comme ami un Résistant et comme assistante et maîtresse la fille d'un notaire qui protégea, en Autriche, cet ami résistant...

Tout ceci faisait rire Victor.

27

Dans le grenier, leur refuge, Vladimir devenait curieusement agressif. Victor, lui, parvenait à retrouver un certain équilibre. Le Russe avait en effet de plus en plus souvent des accès de colère furieuse. Il se mettait à hurler. Il voulait sortir, mais le marquis devait naturellement le retenir. Dehors, il aurait été un pur danger pour les évadés, et pour la famille du notaire.

Celui-ci s'était rapidement rendu compte que Vladimir représentait une menace. Il demanda à plusieurs reprises à Victor de tenter leur chance à l'extérieur. Victor comprenait l'anxiété de Gonrad Mascherthaler. Les SS recherchaient toujours activement la poignée de fugitifs qu'ils n'avaient pas récupérée.

De plus, la pression causée par l'approche des Alliés rendait nerveux policiers, gendarmes et membres du personnel du camp. Gonrad Mascherthaler n'était pas le seul Autrichien à espérer que, finalement, les Alliés vinssent enfin débarrasser le pays de ce camp de concentration, mais personne ne savait vraiment comment les choses se termineraient. À Mauthausen et dans les villages environnants, des rumeurs couraient. Il valait mieux ne pas tomber dans les mains des Russes ! Et les Américains… peut-être n'allaient-ils pas non plus faire de cadeaux à des gens ayant plus que toléré le massacre d'hommes, de femmes et d'enfants à deux pas de leurs douillets foyers. Aussi, certaines familles projetèrent carrément de quitter la région et de se noyer dans l'anonymat de Vienne ou de Linz. Des notables commencèrent à s'organiser pour laisser accroire qu'ils s'étaient toujours opposés aux officiers du camp. Gonrad n'était pas de ceux-là.

Mais son inquiétude grandissait.

Victor : « Un soir, Renata nous apporta à manger. Salades, cochonnaille, bière. La journée avait été chaude et dans notre grenier la température atteignait rapidement des sommets. Nous étions à la fin du mois d'avril. Cela faisait plus de quatre-vingt-dix jours que nous vivions sous ce toit, parmi un tas d'objets hétéroclites, au cœur des souvenirs d'une vieille famille autrichienne.

« Le camp de Mauthausen allait être libéré dans moins d'une semaine. Naturellement, nous n'en savions rien… les Américains qui approchaient à grands pas ne se doutaient pas non plus qu'ils tomberaient sur ce lieu terrible et abject. Nos journées étaient organisées de façon immuable. De mon côté je me levais tôt et après une toilette soigneusement menée je me plongeais dans l'Anabase de Xénophon. Il s'agissait d'une édition en grec ancien et je m'étais mis en tête de la traduire en français. Le livre m'avait été procuré par Gonrad. Il appartenait à Renata. Elle avait vaguement commencé des études littéraires, mais elle les avait vite abandonnées. Je m'aidais d'un vieux dictionnaire. Voilà quel fut mon premier passe-temps. Mon second était de rester des heures allongé, à essayer de me remémorer mon enfance et ma prime jeunesse au sein d'une famille scandaleuse et ceci dans les moindres détails. Quant à Vladimir, il lisait et relisait un antique journal et monologuait des heures en russe. Nous n'échangions quasiment pas une parole. Vladimir n'était pas agressif envers moi. Parfois il me regardait m'échiner sur mes bouquins, jamais il n'eut à mon égard une remarque désobligeante ».

Victor savait prendre du recul et il me dit qu'il avait accumulé des notes sur cette vie particulière dans ce grenier avec ce demi-fou, officier de l'Armée Rouge, qui se levait la nuit pour passer en revue des troupes imaginaires, se cognant aux poutres de la charpente.

« Cet homme était beau. La nourriture abondante et roborative de madame Mascherthaler l'avait (comme moi) ressuscité même si, les premiers jours, elle nous rendit malades au point que je m'étais demandé si nous allions survivre. Vladimir avait grossi. À partir de la fin avril, il aurait sans doute attrapé de l'embonpoint s'il ne s'était astreint à faire de la gymnastique durant quatre heures chaque matin. Moi, j'avais engraissé beaucoup moins rapidement. Avant mon arrestation j'étais plutôt maigre et, dans le grenier, je n'avais pas la volonté de Vladimir pour me remuscler.

« Certes, je trouvais la situation étrange, mais combien cette vie m'était douce après tant de mois passés au camp de Mauthausen ! Je n'avais bizarrement pas le sentiment d'être un miraculé. J'étais sans doute parmi les cinq ou six survivants de l'unique tentative d'évasion collective d'un camp de concentration, de la plus folle et de la plus dramatique quête d'espoir de toute une guerre à jamais marquée par la connerie, par l'inhumanité, par l'héroïsme. Je l'ai su bien plus tard ».

Victor à propos de Vladimir : « comme tous ses compagnons slaves il était extrêmement combatif. Il n'avait qu'une idée en tête, du moins au début de notre séjour chez les Mascherthaler : reprendre la route pour aller à la rencontre des troupes soviétiques. Mais au fil du temps, son pauvre cerveau s'était mis à tourner à vide ».

28.

Et puis un matin, alors que nous marchions le long du canal du Centre au milieu des cyclistes et des pêcheurs, par une belle journée de juin, le marquis me décrivit dans les moindres détails ce qui se passa dans l'univers confiné de ce grenier. Là-bas en Haute-Autriche, à moins d'une semaine de la libération du camp de Mauthausen.

Était-ce une confession ? Non.

Ce n'était pas du tout le genre du marquis !

Non, il me raconta ce qui avait fait de lui cet être étrangement détaché de tout. Cet homme dont le regard sombre se perdait dans des limbes inaccessibles au commun des mortels.

« Un soir, m'expliqua-t-il, Renata poussa la porte. Elle était vêtue d'une longue jupe à fleurs et d'un corsage brodé ouvert sur la naissance de ses seins. Je remarquai ses petits pieds chaussés de pantoufles bleues ornées de minuscules marguerites jaunes. Elle ne portait ni bas ni socquettes. Ses cheveux blonds étaient libres et une fois de plus ils m'inspirèrent cet étrange sentiment de sécurité et de bonheur, de confiance et de quiétude. Cette coiffure encadrait un visage aux contours réguliers, parfaitement équilibrés mis à part la partie inférieure. Renata avait un double menton. Ses lèvres étaient rouges et charnues. Ses yeux bleus se posèrent doucement et alternativement sur Vladimir et moi. Ce regard plein d'attention et légèrement candide s'attardait un peu plus sur ma personne que sur celle du Russe. Du moins je me plus à le croire.

« Certes, quand on a passé plusieurs mois dans un camp de concentration aussi dur que celui de Mauthausen, on doit voir en n'importe quelle fille la femme idéale. On est prêt à reconnaître en elle un condensé de désir, d'amour, de sécurité maternelle. D'espoir…

« Mais Renata était réellement jolie.

« Elle était légère et pure, fraîche et spontanée. C'était une petite Autrichienne à peine sortie de l'adolescence qui déjà, dans son village, à l'occasion des fêtes et des bals, devait faire tourner la tête de plus d'un homme.

« Elle venait chercher la vaisselle sale. Nous avions terminé notre dîner, se souvenait Victor.

« Après avoir marqué un temps d'arrêt sur le seuil, elle referma lentement la porte derrière elle. Et elle fit un pas en avant. Elle s'arrêta et un grand sourire illumina son visage en même temps que mon cœur. Elle s'avança encore, m'ignorant pour se diriger vers Vladimir. Elle était à trois mètres du Russe quand celui-ci se jeta littéralement sur elle, l'empoignant par le cou. Il la renversa. Tout cela d'une façon, je dirais fulgurante ».

Victor réagit aussitôt. Il tenta de saisir Vladimir par un bras. Il n'était pas de taille à lutter contre le

Soviétique. Celui-ci, sans lâcher la jeune fille, repoussa violemment le marquis…

« L'arrière de mon crâne heurta une poutre. Je dus perdre connaissance une minute à peine. En tout cas quand je revins à moi, je constatai que Vladimir avait arraché le bas de la jupe de Renata. Il n'était pas besoin d'être devin pour se rendre compte qu'il tentait de la violer.

« Je cherchai autour de moi un objet, quelque chose pour frapper. Mon regard tomba sur les deux couteaux que la fille du notaire venait récupérer. Je pris l'un d'eux. Ma main tremblait. Je suais.

« Renata hurlait et je me disais que la maison devait être vide à part nous puisque personne, pas même Gonrad, son père, ne fit irruption dans ce grenier.

« Et j'étais fasciné par les jambes charnues que Vladimir découvrit complètement. Il tentait de les écarter de toutes ses forces en ahanant. Mon regard n'arrivait pas à se détacher de cette scène. De cette violence où le désir de jouissance, la puissance et le mépris s'abattaient sur la beauté et la naïveté, la légèreté et la candeur.

« Le savoir contre l'ignorance. La convoitise contre l'ingénuité…

« Quelque part, je pensai à mon enfance et j'eus peur. Peur pour moi, plus que pour elle ! »

Victor Greimas s'arrêta un instant de parler. Il me regarda longuement avant de lâcher :

« J'ai voulu tuer le Russe pour sauver mon âme. Cela n'avait qu'un lointain rapport avec la justice et encore moins avec la volonté de sauver une pauvre victime innocente des griffes d'un fauve... »

Puis la jeune Autrichienne sembla céder. Elle se débattait de plus en plus faiblement. Elle cessa de crier.

« Vladimir avait plaqué sa paume sur la bouche rouge de Renata. De son autre main, il avait ouvert le corsage. J'avais tellement eu envie les jours précédents de lécher cette poitrine juvénile, ferme et ronde, que je fus médusé en voyant jaillir deux seins blancs au galbe éblouissant. Je laissai ainsi passer de précieuses secondes durant lesquelles le regard de Renata m'implorait.

« Puis, je ne sais pas comment elle réussit son coup, mais elle put à moitié se dégager, en tout cas suffisamment pour que Vladimir retirât prestement sa main de sa bouche. Elle l'avait mordu. Elle cria encore, déchirant un silence jusque-là seulement troublé par le froissement de l'étoffe et la lourde respiration du Russe.

« La jeune fille exhala une longue et imperceptible plainte. Mes doigts se crispèrent sur le manche du couteau, elle pouvait alerter n'importe qui passant dans la rue. Alors je me ruai sur Vladimir et le poignardais à plusieurs reprises dans le dos.

« Le corps s'affaissa immédiatement et tout aussi promptement Renata le repoussa. Il roula sur le côté en marquant un temps d'arrêt puis s'immobilisa les bras en croix, le ventre en l'air. Je laissai tomber le couteau sanguinolent sur le plancher.

« Renata, allongée (pratiquement nue) ses cuisses griffées au sang, ferma les yeux. Je lui jetai une couverture… »

Mais le Russe n'était pas mort ! Alors que Victor essayait de prodiguer des paroles apaisantes à la jeune victime, l'officier soviétique se redressa soudainement, « comme une sorte de robot ». Saisie d'effroi, Renata se releva à son tour et se précipita vers la sortie. Elle dévala quatre à quatre les marches de l'escalier et un profond silence emplit la maison.

Victor ne se souvenait plus très bien de ce qui se passa ensuite. Selon lui, Vladimir put se maintenir debout…

« … ses jambes ne tremblaient même pas ! Je restais à le contempler comme hypnotisé. J'aurais pu l'achever. Je ne le fis pas ».

Au lieu de ça, le marquis entreprit d'aider l'officier de l'Armée Rouge à ôter sa chemise maculée de sang (Gonrad leur avait refilé des effets à lui et brûlé leur costume rayé de déporté) pour tenter de nettoyer les plaies. Ensuite, il déchira le vêtement en bandelettes pour panser maladroitement le dos du blessé. Celui-ci ne laissa échapper aucune plainte, pas même un gémissement.

Victor Greimas s'attendait à tout moment à ce que Gonrad et un SS fissent leur apparition dans l'encadrement de la porte. Et la nuit s'écoula sans que les deux hommes n'échangeassent le moindre mot.

Au matin, Victor se leva péniblement. Il avait très peu dormi. Il se repassa le film des évènements de la veille.

Il alluma une lampe à pétrole. Il la prit avec lui et s'approcha du lit de Vladimir.

Le Russe était enfin mort.

29.

Le 5 mai 1945 : au détour d'un chemin creux, deux chars américains et une jeep tombèrent sur le camp de Mauthausen.

Tomber est le mot.

Cette modeste unité de la onzième Division blindée de l'armée des États-Unis (dont deux half-tracks avec leurs vingt-sept hommes avaient été pris par les Allemands lors d'une embuscade quelques mois plus tôt), ces quelques jeunes soldats américains découvrirent par une belle journée printanière ce sinistre fatras de fils barbelés, de mitrailleuses, de pierres, de miradors et de baraquements qu'était le camp. Des milliers de morts-vivants s'y nourrissaient d'herbes, d'épluchures et même pour certains de cadavres putréfiés.

Le détachement de la onzième stoppa. Quatre militaires sautèrent de la jeep et d'un char. Ils allèrent vers l'entrée et poussèrent le lourd et monumental portail en bois qui n'était pas verrouillé.

Ils basculèrent dans l'horreur.

Ensuite les véhicules, un à un, pénétrèrent lentement dans le camp. Ils furent immédiatement assaillis par d'innombrables paires d'yeux exorbités, par des mains décharnées, par des squelettes à peine couverts d'une peau grisâtre. Par des cris. Par des râles. Par des pleurs secs. Par des rires déments.

30.

La plupart des SS s'étaient fondus dans la population environnante après avoir abandonné leurs uniformes et passé leurs vêtements civils qu'ils avaient précieusement conservés avec eux. Beaucoup avait réussi à gagner Linz ou la Basse-Autriche et, rarement, la frontière hongroise. C'est sans doute ce qu'avait voulu faire le directeur du camp, Franz Ziereis, sans y arriver. Il fut mortellement blessé par les Américains. Il était cependant parvenu à s'enfuir avec sa femme et son fils. Celui-là même qu'il autorisait à s'essayer à la carabine en tirant sur les prisonniers les plus faibles depuis le balcon de la résidence administrative...

Les soldats américains purent localiser les Ziereis dans un refuge de chasse sur le Mont Phyrn en Haute-Autriche. C'est en tentant de leur échapper que le directeur du camp fut touché de plusieurs balles. Transporté à l'hôpital militaire américain de Gusen, il décéda le 24 mai. Son cadavre fut pendu par d'anciens déportés sur les barbelés du camp de Gusen I, puis enterré dans une tombe sans indication de nom.

Mais il eut le temps de témoigner. Par un concours de circonstances étonnant, Victor fut non seulement spectateur direct de l'arrestation, mais il participa à l'interrogatoire en tant qu'interprète. Ziereis raconta les horreurs du camp en prenant soin de minimiser son rôle. Mais son témoignage portait à caution, car ses blessures l'affaiblissaient d'heure en heure malgré les injections de drogue d'un médecin. Il rapporta, entre autres, que Le Reichsminister Himmler et l'Obergruppenführer SS Kaltenbrunner lui avaient ordonné de tuer tous les prisonniers sans exception, au cas où la ligne de front s'approcherait de Mauthausen. Il affirma avoir reçu la consigne de Berlin de détruire Mauthausen et Gusen avec tous les prisonniers sans pitié aucune. Tous les déportés devaient être poussés dans une mine. Ziereis et ses hommes devaient ensuite faire sauter les galeries à l'aide d'une forte charge explosive.

Quelques-uns des gardiens du camp étaient encore cachés dans les bureaux des bâtiments administratifs. Ils furent par la suite tués par les déportés les plus vigoureux. Contrairement à ce qui avait été prévu par les états-majors, l'armée américaine arriva la première en Haute-Autriche. Les Russes avaient été retardés à Vienne.

Les Américains obligèrent les habitants civils des abords du camp à s'endimancher pour creuser les fosses communes. Ensuite, ils les forcèrent à aller stocker les cadavres (des montagnes de cadavres !) sur l'ancien terrain de football. De là, on les chargeait sur des wagons pour les convoyer jusqu'au cimetière et le jeter dans les excavations.

<h1 style="text-align:center">31.</h1>

Entre-temps, dans le grenier d'un notaire autrichien, un officier soviétique du nom de Vladimir Léonid Strenchenkov était découvert mort par celui qui l'avait poignardé la veille de ce samedi matin 5 mai 1945. Quand Victor Greimas, marquis de Châteauneuf, résistant français, évadé du camp de Mauthausen où il avait été détenu de janvier 1944 à février 1945, décida de quitter le grenier où il venait de passer quatre-vingt-onze jours pour aller chercher le maître des lieux, Gonrad Mascherthaler, homme de Loi à Mauthausen, il ne savait pas que les Américains étaient à moins de neuf kilomètres de lui.

Seule la nécessité de se débarrasser du cadavre de Vladimir le préoccupait. Le marquis trouva Gonrad, son épouse et Renata blottis les uns contre les autres sur un divan au milieu d'un salon richement meublé et décoré.

« Et en même temps, j'aperçus mon reflet dans un grand miroir en pied, un trumeau du XVIIIe siècle représentant des scènes de chasse. Cette silhouette affublée d'une chemise à carreaux et d'un pantalon bleu tirebouchonné était la mienne. Il y avait là un type hirsute, légèrement voûté, les bras ballants et le visage mal rasé, tacheté de petites rougeurs. Instantanément, je me suis haï… »

Gonrad se leva aussitôt. Il était furieux.

Victor ne demanda pas pourquoi le notaire et son épouse n'étaient pas montés au grenier alors que leur fille avait failli se faire violer.

Renata était dans les bras de sa mère. Les deux femmes pleuraient doucement. Gonrad s'avança résolument vers le marquis.

Victor : « Je restai bien campé sur mes deux jambes, du moins en avais-je l'illusion. Moi aussi j'étais en colère. Peut-être à cause du type minable que je vis dans la glace, et j'étais à bout de nerfs, cela me révoltait. Je ne comprenais pas l'attitude du notaire, certes il nous avait protégés, m'avait sauvé, mais depuis des semaines et à l'approche des Alliés, il était incapable de prendre une initiative. Sa fille avait été violentée par un demi-fou et il n'était même pas venu nous demander des comptes.

— Tout est à cause de vous ! murmura Gonrad entre ses dents.

« Je crus qu'il évoquait la tentative de viol…

— C'est à cause de vous les Français, les Américains, les Anglais, les Russes… C'est votre faute, rien que votre faute à vous tous et aux youpins et aux socialistes !

« Je ne comprenais pas bien où il voulait en venir. Il parlait de plus en plus fort et de plus en plus distinctement. Je me souviens mot pour mot ce qu'il disait :

« — Ce camp, c'est à cause de vous. Parce que vous vous êtes opposés à Hitler. Nos revendications étaient justes. Vous autres les Français, vous avez humilié le peuple allemand à Versailles... Il fallait nous laisser faire, nous laisser recréer notre Reich ! Et maintenant, on va... Le monde va nous accuser d'avoir construit et... d'avoir permis ce camp ! Mais je n'y suis pour rien... Nous autres les Autrichiens n'y sommes pour rien ! Ne vous ai-je pas sauvé ?

— Comment va-t-elle ? demandai-je en ayant un mouvement de menton vers Renata.

— Je vais vous dénoncer... D'ailleurs, peut-être l'ai-je déjà fait...

— Ce n'est pas moi. Je ne l'ai pas touchée. C'est l'autre, le Russe... Je l'ai tué.

— Vous l'avez tué ? s'étrangla le notaire. Que va-t-on faire du corps, maintenant ? Et si jamais la police vient ici... Les SS sont déjà passés deux fois sous nos fenêtres... »

Selon Victor, les nazis pouvant découvrir deux évadés dans leur demeure les affolaient bien plus que les souffrances de leur fille. Confusément ils craignaient également l'arrivée des Alliés.

Ni les Mascherthaler ni le marquis ne savaient que les Américains étaient là. Que le camp était libéré depuis maintenant une heure. Que le reste de la onzième Division U.S. déferlerait sur toute la région de Mauthausen. Que les libérateurs perquisitionneraient bientôt dans chaque maison et allaient demander aux habitants de visiter le camp, de voir les montagnes de cadavres, de pénétrer dans les chambres à gaz…

Pour l'instant la peur des SS dont on connaissait la férocité décuplée par la défaite ouvertement envisagée cinq jours après le suicide d'Hitler, cette peur était la plus forte pour la famille Mascherthaler. La tentative de viol sur leur fille ne semblait pas avoir d'importance.

Les SS pouvaient débarquer à tout instant dans cette maison où avaient trouvé refuge deux évadés du camp de concentration et cela était beaucoup plus grave !

Ce lieu de mort avait tout bonnement contribué à la prospérité économique de Mauthausen et des villages alentour en faisant travailler nombre d'artisans et en fournissant un engrais autrement plus efficace et moins onéreux que le fumier ou les produits chimiques. Gonrad Mascherthaler avait eu le loisir d'utiliser cet engrais. Et il se souvenait qu'un jour de l'année passée son épouse s'était extasiée au domicile d'un officier nazi attaché au camp, devant un abat-jour en peau humaine. Un officier avec qui Mascherthaler entretenait des liens à la fois amicaux et commerciaux portant sur un trafic d'or à partir de dents fondues et récupérées à Mauthausen… Les deux hommes se connaissaient depuis la guerre de 14 qu'ils avaient faite ensemble en terre lorraine.

Pourtant Gonrad Mascherthaler était le père de Renata qui aida comme elle put certains déportés, et lui-même sauva la vie de Victor.

32.

J'ai décidé de ne pas répondre à la convocation du juge. Il n'aura qu'à lire mon livre et étudier le dossier du procès Forast. Qu'il fasse son travail. Ce doit être encore un de ces jeunes magistrats ne rêvant que de plateaux télévisés. Moi je n'ai rien à lui dire.

J'ai enterré Victor il y a moins d'un an. Avec lui j'ai enfoui mes illusions… Par contre, Julia Lynch s'est épanchée dans les médias. Je viens de découvrir cela dans le journal apporté par le facteur. Alors, si tout le monde est au courant à quoi bon me déranger ? Encore quelques détails : Julia et Sonia vivent ensemble à Paris. Je viens d'être rayé du barreau. Mon éditeur m'a envoyé un chèque. J'ai brûlé les notes prises par Victor dans le grenier. J'ai également détruit mon propre dossier concernant l'affaire Forast. Je crois n'avoir gardé qu'une chose : cette photographie jaunie et floue de Christina, la mère de Julia Lynch. Après la guerre, elle vécut en Belgique avant de s'installer en France où elle épousa un magnat du textile. Un cliché de Renata subtilisé par Victor dans la maison des Mascherthaler après qu'il eut tué Gonrad !

33.

Là-bas, le 5 mai 1945, alors que les Américains étaient à Mauthausen, Gonrad Mascherthaler hurlait son désespoir. Le marquis ne dit rien. Il se demandait surtout comment ils allaient évacuer le cadavre du Russe. Le danger était réel. Les SS étaient déchaînés. Ils avaient exécuté deux familles entières, soupçonnées (seulement soupçonnées !) de n'avoir pas dénoncé le passage sur leur propriété d'évadés russes.

Les nazis étaient menaçants pour toute la population de Mauthausen et des environs. Ils fouillaient les maisons les unes après les autres. Ils voyaient des espions et des ennemis du Reich partout.

Le notaire savait également la fin de l'Empire allemand proche et l'heure était venue de régler les comptes.

Soudain, il parut reprendre son sang-froid et dit :

— Je vais vous dénoncer. Je raconterai que vous nous avez forcés à vous héberger et que c'est moi qui ai tué le Russe.

— Mais ça ne tient pas debout ! ne put s'empêcher de s'exclamer le marquis.

— Tu crèveras quand même… Je ne sacrifierai pas ma famille pour deux évadés que les SS peuvent découvrirent chez moi demain, ou même aujourd'hui et…

À ce moment précis, on frappa vigoureusement à la porte. Renata poussa un petit cri et sa mère se leva d'un bond. Jusque-là les deux femmes n'avaient pas bougé du divan.

Il était impossible de voir qui était derrière sur le seuil du vestibule. Aucune fenêtre du salon ne donnait sur la rue.

Gonrad se tut et son visage pâlit. Victor sentit son sang se glacer. Les SS pouvaient entrer d'un instant à l'autre. De l'autre côté de la porte, il y avait la menace de retourner au camp. Et il ne le voulait à aucun prix. En une fraction de seconde il se vit dégringoler au fond du Fossé de Vienne du haut des cent quatre-vingt-six marches. Il savait que Gonrad n'avait qu'un mot à dire. Alors Victor s'empara d'un bronze représentant un cheval debout sur ses antérieurs. L'objet était lourd et il mesurait une quarantaine de centimètres, il était posé sur un petit guéridon.

— Fermez-la ! Plus un mot, dit-il.

Et les coups redoublèrent sur la porte d'entrée.

— Je leur ouvre !

Gonrad Mascherthaler braillait.

— Anita et Renata, montez dans la chambre ! Toi, sale Français, je vais leur dire de te pendre. Tu vas voir...

Elles quittèrent la pièce.

Gonrad s'avança vers Victor. Ce dernier brandit la statue. Gonrad marqua un bref instant avant de se jeter sur Victor en vociférant, espérant sans doute être entendu de l'extérieur de la maison. Les deux femmes crièrent également. Certes, Mascherthaler était lourd, mais Victor réussit à l'esquiver et à se relever aussitôt. Le notaire, lui, était allongé sur l'épais tapis. Sur le ventre. Il se retourna. Se redressa à moitié pour s'asseoir en s'appuyant sur ses deux mains.

Victor : « J'avais toujours le cheval de bronze à la main. Je me suis jeté sur Gonrad Mascherthaler, comme si, par son poids, la statue m'entraînait. Il y eut le bruit d'une branche cassée sous l'effet du gel. Le sang de Gonrad a giclé jusque sur mon avant-bras et ma poitrine.

Soudain muettes de stupéfaction, les deux femmes se détournèrent avant de crier à nouveau. Je devais les tuer elles aussi. La mère et la fille. Je ne voulais pas retourner au camp… Je ne voulais pas… »

À la porte, les coups cessèrent. Et les Américains entrèrent dans la maison…

Fin

Il y a bien eu une évasion collective du camp de Mauthausen. Elle fut principalement le fait de détenus soviétiques qui s'étaient déjà évadés d'un autre camp et avaient été repris. Ils organisèrent la révolte du Block 20.

Cette évasion se solda par la mort de 99 % de ceux qui y participèrent.

Pour en savoir plus :

- Witness, voices from the Holocaust, the Free Press, Joshua M. Greene Production, Inc.

- Mauthausen, ville d'Autriche 1938-1945, C.-J. Hortwitz

- La Saône-et-Loire sous Hitler, Jeanne Gillot-Voisin

Sites internet dont je me suis inspiré (témoignages de déportés, de libérateurs, parfois de bourreaux :

Site de la FNDIRP

Site du Mémorial de Mauthausen

Site de l'Amicale de Mauthausen, déportés, familles et amis

Site de l'United States Holocauste Memorial Museum, ushmm.org

138

Autres sources :

Wiener Arbeiterzeitung du 20 septembre 1945

Les quotidiens [1944/1945] Ce Soir, l'Humanité, l'Aube

Du même auteur : Des Nouvelles du Brésil
Version papier et version numérique

Voir sur :

www.diogenedarc.com

contact@diogenedarc.com

139

2018-2019